Le club des aquarêveurs

Le club des aquarêveurs

Valère-Marie Marchand

Héliopoles

« Nos actes sont des actes de rêveurs,
de nageurs énigmatiques. »
Jean Arp

« Un regard peut créer un rapprochement d'étang :
viens, plonge ! »
Charles Dantzig
Traité des gestes

« Une grande partie de l'entraînement du nageur se déroule dans sa tête, immergé qu'il est dans le rêve continu d'un monde sous-marin. »
Charles Sprawson
Héros et nageurs

L'aquarêveur

Dans la famille « nageurs », je demande l'aquarêveur. En piscine ou en pleine mer, cet éternel flâneur flotte au gré des circonstances. On le reconnaît à son air distrait, son maillot de bain à l'ancienne, ses sandalettes antidérapantes, sa démarche sautillante, sa cage thoracique moindrement développée, son œil vagabond et son profond détachement pour les us et coutumes de notre planète Terre. L'aquarêveur est souvent hors sujet et se laisse volontiers berner par les caprices de l'étymologie. Quand il consulte un dictionnaire, il ne le fait pas vraiment exprès et dès que l'opportunité se présente, il s'oriente vers les définitions les plus obsolètes. Alinéas incompréhensibles, questions subsidiaires, ajouts ou annotations un chouïa décalés, références un peu *has been*, scolies non élucidées ou bouts de phrases bricolées au petit bonheur la chance retiennent toute son attention. Les notes en bas de page et citations à l'emporte-pièce exercent sur lui la même fascination. Il apprécie les objets qui n'en sont pas et qui pourraient bien le mener en bateau : voiliers en modèle réduit, vraies fausses bouteilles à la mer, miroirs hublots style « paquebot », boussoles à l'humeur vagabonde, boules à neige de la Compagnie générale transatlantique, bouées décoratives et diverses broutilles sans vocation précise. Il peut encore affectionner quelques jouets dont on n'a plus idée comme les origamis reproduisant tel ou tel aspect du flux et du reflux. Ses mots préférés sont des mots de plus de quatre lettres qui se plaisent à refaire le monde, des mots-valises nés d'amalgames ou de rapprochements sémantiques, des mots-girouettes qui changent d'avis au fil des phrases, des mots désorientés, souvent désorientant, pour lecteurs itinérants, des mots nomades en pleine agape lexicale, des mots commençant et finissant par la même voyelle ou la même consonne, des mots à métaphores, malicieux comme tout, prétendument inclassables parce qu'issus de l'encrier des songes.

Le premier expert en Aquarêverie s'appelait Narcisse. Il prenait ses reflets pour des réalités et finit par se noyer dans une flaque d'eau. Le second se nommait Ulysse et fut le bouc émissaire des frustrées de l'Olympe. Le troisième, un dénommé Moïse, mit à sec la mer Rouge et signa les premiers épisodes du livre de l'Exode. Le quatrième, un certain Robinson, navigua à bord d'un vieux rafiot avant d'échouer sur une île plate comme un trottoir. Sa déception fut telle qu'il s'inventa un colocataire, un certain Vendredi, qui égaya son quotidien et le sortit de sa déprime insulaire. Le cinquième n'est autre que le capitaine Achab. On dit qu'à trop chercher la petite bête, il tomba sur le plus gros spécimen qu'on ait connu sous l'eau : un maouste prénommé Moby Dick qui le plongea dans un incroyable roman-fleuve et lui offrit toute une ribambelle de lecteurs. Le sixième s'est fait connaître sous le nom de Némo. Il se réfugia dans le *Nautilus* afin de conter fleurette à la faune et à la flore subaquatiques. Avec Darwin (autre aquarêveur bien connu), il fut le premier à s'acoquiner avec des anémones de mer, des méduses surdimensionnées, des cétacés tentaculaires, des palmipèdes flottants, des monstres arboriformes, des carpes électriques, des tortues marines, des éponges pédiculées, des homards géants, des poissons volants et des serpents de mer à vocation multiple. *Mobilis in mobili* était sa devise. Quand par malheur un inconnu lui manifestait un semblant d'intérêt, il ressortait sur-le-champ un autre slogan qui serait bientôt sa marque de fabrique : *In aqua, veritas*. Cette maxime faisait écho à la devise *In vino, veritas* et cloua le bec à bon nombre d'arguments contraires.

À dériver ainsi, le capitaine Némo ne voyait plus le temps passer. Son attirance pour les fonds marins était telle qu'il y pique-niquait volontiers. Ses repas se composaient de lait de baleine, de pains aux algues, de goémons cuisinés à feu doux, de confitures d'anémones de mer, de gratins coralliens, de tapas de poulpes géants, de tartelettes de caviar à la sauce océane, de filets de tortues, de tranches de méduses grillées, de nageoires rissolées à la vapeur, d'écailles au court-bouillon, d'entrailles de murènes agrémentées de menthe et de coriandre, de bisques d'étrilles de homards, de fondants d'écrevisses sauvages, de risottos de calamars marinés dans juste ce qu'il faut d'écume, de langues d'oursins finement émincées et de tout un échantillonnage poissonneux mijoté avec une pincée d'humour et un zeste d'imprévu. De là vient peut-être cette croyance selon laquelle les aquarêveurs auraient deux fois plus d'appétit que les rêveurs ordinaires...

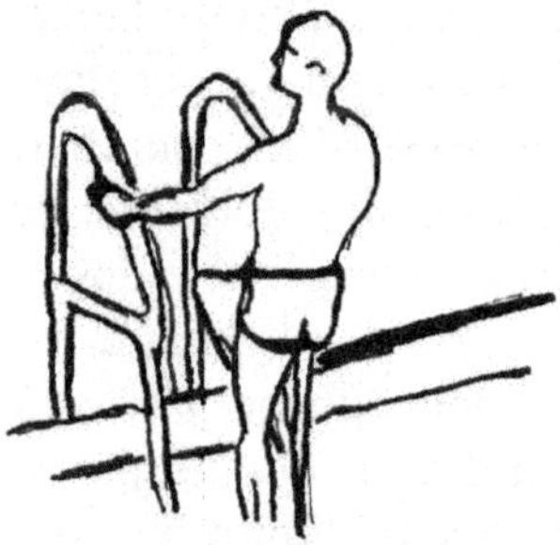

Inexplicablement, un aquarêveur en cache souvent un autre et aucun d'eux ne semble avoir fait l'objet du moindre portrait-robot. Dans l'Antiquité, ils fréquentaient les thermes et se drapaient d'une posture philosophique. Au Moyen Âge, ils se requinquaient dans des étuves étouffantes à souhait. À la Renaissance, ils auraient pu se prendre pour ces géants rabelaisiens contenant à eux seuls autant d'eau que tous les océans réunis ou bien se comparer aux silhouettes du *De Arte Gymnastica*[1] et aux postures emblématiques de ce qu'il faudrait faire (ou pas) pour rester en forme. Du temps de La Bruyère, l'aquarêveur se serait appelé Cléonthe, Théodène, Mélinde, Tancrède, Oronthe,

1. De Girolamo Mercuriale.

Xanthippe ou Philémon. Il se serait parfumé de la tête aux pieds avant une émulsion dans les étangs de Versailles. À l'heure des Lumières, il aurait émis maintes hypothèses sur les principes d'Archimède et aurait décrit ce phénomène sous toutes ses coutures dans des planches dites « encyclopédiques ». Au dix-neuvième siècle, il aurait expérimenté tout ce qui d'une manière ou d'une autre recycle l'élément liquide : cyclisme sur l'eau, ascenseur hydraulique, douches portatives, aspirateurs d'épaves et même trucages à la Méliès imitant quelque faux-semblant de croisière. Outre-Manche, il aurait fréquenté la Swimming Society d'Eton, cercle de natation réunissant dès 1828 les philolutes, connus pour leurs baignades quotidiennes, et les spychrolutes, toujours en quête d'ondes rafraîchissantes. Enfin sur les conseils de Charles Sprawson[2], il aurait inscrit en lettres d'or dans son journal cette devise de Pindare : « *L'eau est la meilleure des choses* », et aurait collectionné les canotages le long de la Tamise. En Hexagone, il aurait atterri dans une pataugeoire sur Seine, à la piscine Deligny, à deux pas de ces cabines à l'ancienne où drague et *farniente* étaient de rigueur. Depuis, ce « haut lieu d'exposition des seins nus à Paris » a sombré dans les eaux troubles qui l'ont vu naître et ce qui en subsiste – un vague clin d'œil municipal à la mine blafarde – n'est rien en comparaison de ce qui a été...

Quelle que fut son empreinte environnementale, la piscine Deligny tira sa révérence en 1993, par une belle matinée d'été, soit quelques dizaines de jours après la disparition de Jean Cau. Signe des temps : seules quelques lignes de l'AFP et un tas de planches disparates témoignent de cet

2. *Héros et nageurs* de Charles Sprawson, traduit par Guillaume Villeneuve, éditions Nevicata, 2019.

échouage non prémédité. La défaillance d'un caisson de flottaison aurait mis un terme à cette ultime escale en Aquarêverie. Désormais, on ne parle plus de « péniche sur Seine » ni de « bains sur pilotis », mais d'établissements aquatiques disposant d'un spa, d'un jacuzzi, d'un solarium, de toboggans géants, d'une rivière à contre-courant, de bassins à vagues et d'un espace de remise en forme spécialement conçu pour muscler les tendons défaillants. Au troisième millénaire, la recherche des bains perdus est le cadet de nos soucis et notre aquarêveur s'est, paraît-il, considérablement assagi. Où qu'il aille, il passe pour un curieux personnage et se signale toujours par de nouvelles excentricités. Il a ainsi un faible pour les bains turcs à ébullition, les Maréoramas retraçant de bâbord à tribord les traversées en pleine mer, les vaisseaux fantômes, les flotteurs électriques, les Baleinobus et les régates d'un autre temps. Physiquement, c'est un joli trompe-l'œil. Psychiquement, c'est une autre affaire… Sa maturité sexuelle est assez variable. Son cœur bat une trentaine de fois par minute. Sa silhouette, en tout point comparable à celle d'un bateau de course, se veut légère et longiligne et son degré de flottabilité est tel qu'il ignore la mécanique des fluides. Autre paramètre à noter : son gabarit semble être fait pour les longues distances et sa boîte crânienne parfaitement étanche comprend deux hémisphères pour le prix d'un. Soit c'est son lobe frontal qui gère ses dysfonctionnements cérébraux, soit c'est son lobe pariétal qui module sa sensibilité corporelle, soit les deux à la fois. Enfin, au fil des ans, ses traits ont tendance à s'émousser. L'aquarêveur a une prédilection pour les reflets changeants, les ciels lunaires et les lumières boréales. Lorsqu'il part en croisière, il fixe des heures durant le sillage de l'écume et s'enivre d'embruns jusqu'au petit matin. Bien évidemment, il est indifférent au mal de mer et semble plus sensible au mal de terre. Une fois à quai, il commence à tanguer sur lui-même. Beaucoup commentent sa démarche aérienne, ses pas peu appuyés au sol et l'interrogation qu'il soulève dans l'œil de son prochain. Sitôt chez lui, notre aquarêveur se réfugie dans sa bulle et s'invente un univers fait de poissons volants, de carpes électriques, de méduses translucides, de crabes japonisants, de noctiluques hypermétropes, de dauphins surfeurs, de larves d'astérie, de lentilles d'eau, de microplanctons et de toute une parentèle de créatures insolites. Mais, ne vous y trompez pas... Tout ce qui flotte n'est pas de son ressort et bien malin serait celui qui pourrait se prononcer sur la question. En Aquarêverie, les regrets sont de courte durée. C'est pourquoi ses principaux acteurs se jettent sur la première métaphore venue avant de refaire surface quelques phrases plus loin...

Le crawleur

En temps ordinaire, le crawleur a la pâleur du chlore. Hors de l'eau, il longe les murs, il a la mine quelque peu défraîchie, le cheveu rare et raplapla, le teint lavasse, la pilosité éparse, la mine sinistre des jours tristes. À ses heures de gloire, le crawleur est méconnaissable. Certains diront que c'est un redoutable adversaire, un *serial* nageur défiant toute concurrence. D'autres verront en lui le type même de « l'agité du bocal ». À vitesse plus ou moins égale, il bouge de partout, d'abord avec ses bras qui tournent en hélices, puis avec ses épaules qui sortent le grand jeu mais aussi avec ses pieds qui font office de battoirs, de tourniquets et de nageoires électriques. Il arrive que le crawleur opine du bonnet et qu'à l'instar des teckels en plastique, sa tête penche d'un côté puis de l'autre. Allez savoir pourquoi… Le crawleur est affligé de troubles musculo-squelettiques à répétition. Il peut emprunter plusieurs fois d'affilée le même itinéraire bis, aller et venir indéfiniment d'un point à un autre sans mettre pieds à terre. Il peut, par sa seule présence, impressionner les nageurs pas ou peu expérimentés, terroriser les limaçons et les réfractaires au grand bain. Quand l'heure d'été se profile, sa batterie interne fonctionne sans discontinuer et son potentiel énergétique dépasse de très loin celui du nageur lambda. C'est à peu près la même chose au moment de l'heure d'hiver. En comparaison, ses homologues bioniques sont un peu à la traîne et brassent beaucoup d'eau pour zéro résultat. Rien de tel pour le crawleur dont les avancées sont sans commune mesure. Ce nageur hors pair bénéficie en effet d'un système sensoriel hyper développé. Ses prouesses excèdent de très loin ses capacités initiales et sa réactivité est inégalée. En cas de crampes ou de courbatures, ses bras et ses jambes se mettent immédiatement en pilotage automatique tandis que ses muscles se focalisent sur l'action en cours. Même au ralenti, son moi et son surmoi s'entendent à merveille. Son QI ne chôme pas et son activité psychique fonctionne à plein régime. Dans l'hypothèse du contraire, le crawleur peut faire preuve d'un certain stoïcisme. Son abdomen est blindé de chez blindé. Ses calories sont harmonieusement réparties. Ses taux de sucre et de cholestérol modérément stockés. Ses graisses sont au point mort et sa bedaine reste, en principe, inexistante. D'étirements en assouplissements, sa silhouette finit par ressembler à la proue d'un navire. D'autres la comparent à une île vue de profil ou à quelques bancs de sable égarés en pleine mer. Sa force centrifuge est assez impressionnante, surtout quand on la met en concurrence avec les remous de son inconscient. Son sac de piscine dispose d'une provision de bonnets, de palmes, de lunettes de rechange, de shampoings, de gels douche, de lotions, de déodorants, de gilets de corps et de serviettes de bain soigneusement pliées. Malgré ces précautions d'usage, le crawleur n'est pas le fortiche que l'on croit. On le trouve fort démuni quand la bise s'abat sur lui. Sa prestance perd de sa superbe. Ses pectoraux prennent un sacré coup de vieux, ses épaules se ratatinent un peu et une forte odeur javellisée se dégage de lui. Plus d'un piscineur finira par le prendre en grippe et plus d'une anecdote circule à son sujet car, une fois sorti de son couloir de nage, il pourrait bien perdre toute sa raison d'être.

De mémoire de nageur, les réelles motivations du crawleur n'apparaissent jamais au premier regard. Nage-t-il par hasard ou par nécessité ? Ou bien encore se déplace-t-il aussi vite que la lumière ? Et si oui, comment fait-il ? Serait-il accro aux amphétamines ? Au Viagra ? Au LSD ? Et à toute autre gélule euphorisante ? Affaire à suivre... Au milieu de tant de glouglous, le crawleur finit par prendre une couleur d'évier. Son art du fondu-enchaîné ne lui laisse guère le temps de souffler. En pleine action, ses jambes et ses bras se déploient aussi loin que possible et ses mains se placent dans le prolongement de son corps. Puis, ses bras accomplissent un demi-cercle complet avant de revenir à leur point de départ, soit le long de la cuisse droite ou de la cuisse gauche. Ses talons peuvent dépasser l'eau de quelques centimètres et ses doigts de pied sembler légèrement crispés. C'est de notoriété publique. Le crawleur a du style et sa chorégraphie ne manque pas de panache. Sinon, il est passablement agaçant, un tantinet maniaque, voire caractériel... Son torse et ses aisselles font l'objet d'un rasage quotidien. Ses cheveux lustrés avec soin sont passés au peigne fin. Et sa peau qui a tendance à devenir rêche, supporte sans broncher baumes adoucissants et huiles essentielles. En dehors de ça, tout va pour le mieux dans le meilleur des mondes. Comparativement aux autres nageurs, c'est un peu l'exception qui confirme la règle. Ses facultés auditives, sensitives et olfactives dépassent l'entendement commun et ses dispositions neuronales le situeraient parmi les surdoués de la natation. C'est le type même du nageur d'élite. Vu ainsi, on pourrait en déduire qu'il est trop centré sur lui-même pour s'adonner à une thérapie de groupe et qu'il renvoie balader qui le côtoie de trop près. Pourtant, qui le regarde agir est aussitôt sous son charme. On a rarement connu telle élégance dans les gestes, telle indifférence à l'uniformité ambiante. Une fois en route, rien ne l'arrête. Il pourrait tuer père et mère, femme et enfants, sans coup férir. Au ralenti, il n'est pas non plus du genre à végéter derrière un escargot d'eau douce et se méfie comme de la peste des limaces aquatiques.

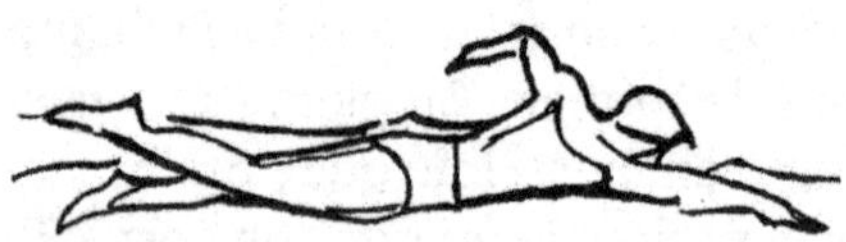

Certains en déduiront que les crawleurs, mâles ou femelles, font partie d'une société secrète – celle des éclabousseurs patentés – et que leur vélocité résulterait d'une immersion en eaux initiatiques. D'autres en concluent que de mystérieuses conjonctions veilleraient au bon déroulement de leurs déplacements. Quoi qu'il en soit, le crawleur n'a rien d'un *loser*. Lorsqu'il prend son élan, il le fait sciemment, en mettant méthodiquement de côté toute préoccupation intime, toute problématique irrésolue, toute frustration présente, future ou passée. Lorsqu'il glisse sur l'eau, il cherche l'harmonie parfaite et vogue où bon lui semble. Plus il plonge son visage dans l'eau, plus il voit la face émergée de ses rêves et moins il se résout à achever sa course. C'est là sa grande force et sa grande faiblesse. Il n'a d'autre horizon que lui-même et la couleur surannée des flotteurs ne le dévie en rien de ses objectifs. Tout ralentissement l'exaspère et la moindre entrave à ses petites habitudes est source de contrariété. À sa façon, le crawleur s'inspire du sacro-saint principe d'unité de temps, d'unité de lieu et d'unité d'action. Au plus haut de sa forme, il nage plus vite que son ombre et se propulse au ras de l'eau, sans regarder qui le regarde. En général, il a sa ligne et il s'y tient. Celle-ci peut être ceinturée de bouchons verts, bleus, jaunes ou rouges. C'est selon. Après lui, le déluge…

Le crawleur déteste, cela va sans dire, les zigzagueurs, les velléitaires, les retardataires, les indécis, les lymphatiques, les nageurs à reculons, les éméchés, les trembloteurs, les têtes de linotte, les roupilleurs, les avachis avant l'âge, les durs d'oreille, les liftées de justesse, les maladivement grincheux, les vieux schnocks mal lunés, les playboys déclinants, les râleurs à la traîne, les suiveurs à la dérive, les poussifs, les pleurnichards, les revanchards, les avatars de Belphégor et consorts, les ramollis ramollos un rien ramollissants, les endormis du cerveau, les balourds, les sclérosés volontaires, les chamallows à visage humain, les pervers pépères un tant soit peu polymorphes, les branquignols, les atchoumeurs, les renifleurs, les braillards, les boutonneux, les sauve-qui-peut, les risque-tout, les égarés au regard énamouré, les maniganceurs au rictus ravageur, les aigris, les systématiquement tracassés, les zappeurs, les mateurs, les tripoteurs, les dragueurs à moumoutes, les retraités en goguette et la marmaille livrée avec. Il rejette tout écart à la règle, tout mouvement désordonné. Il est la synchronicité même. Il avance. Il trace son sillon. Il surfe sur une vague invisible à l'œil nu et fait sienne cette croyance selon laquelle chaque vie suit son propre chemin. Pour l'heure, nul besoin de vous faire un dessin. Il va de soi que lorsque je croise l'un de ses congénères, mon sang ne fait qu'un tour. Je passe vite fait bien fait sur la ligne d'à côté et, dans le cas présent, à la page suivante...

Le pataugeur en quête d'auteur

Celui-là aime le réchauffé et ne se baigne quasiment jamais à température ambiante. Seule une eau à trente degrés Celsius semble pouvoir lui convenir et encore. Ce candidat à la baignade est trop timoré pour aller plus loin. Son premier réflexe ? Arpenter le plan d'eau concerné de long en large avant de se lancer. Globalement, cette manie pourrait sembler obsessionnelle. Mais dans ce cas particulier, c'est une tout autre histoire... Car le pataugeur a ses humeurs et ses lunes ne correspondent pas vraiment aux nôtres. Sur ce point-là, Héraclite a vu juste et prétend qu'on ne nage jamais deux fois dans le même fleuve. Au vingt-et-unième siècle, la problématique est loin d'être résolue et en dépit du réchauffement climatique, certains corps, notamment les plus ronchons et les plus frileux d'entre eux, hésitent toujours à faire trempette. Tout élément liquide leur paraissant suspect, la moindre vaguelette leur donne d'emblée la chair de poule. Aussi le pataugeur, fille ou garçon, peut être d'une anxiété affligeante, contrarié de-ci de-là, naturellement ou artificiellement bronzé par des UV survenus à point. Surtout ne vous fiez pas à ses bonnes résolutions... Le pataugeur se baigne souvent à contrecœur. Ce qui tendrait à confirmer son air morose et sa mine maussade.

Pour le reconnaître, ce n'est pas compliqué. Il a le maillot indécis, les cheveux légèrement en épis, la peau fripée et la tremblote évidente. Le moment venu, il hésite toujours, il tergiverse, il tatillonne, il se tâte, il se plaint, il pleurniche, il râle, il s'escagasse, il traînasse, il s'enlise dans ses incertitudes, il maudit Monsieur ou Madame Météo, il roule des mécaniques et, sous ses airs faussement ombrageux, il se prendrait presque pour un personnage shakespearien. Rien en effet ne lui convient, ni la fraîcheur de l'eau, ni la prolifération des algues, ni l'afflux de fréquentation estivale, ni la menace éventuelle des coups de soleil et autres effets secondaires plus ou moins dévastateurs. Rien ne lui sied, tout l'indispose. Et lorsqu'enfin il consent à se baigner, il procède toujours avec parcimonie en effleurant l'objet de ses désirs de la pointe des pieds. Sa voûte plantaire étant extrêmement sensible, il réagit au moindre signe dissuasif. Il y regarde toujours à deux fois avant de s'immerger dans le bassin approprié et se retranche derrière l'ordre public pour peu que son voisin (ou sa voisine) ne lui soit pas très sympathique.

Il peut aussi jouer les fiers-à-bras, pratiquer le tournicoti tournicoton… jusqu'à ce qu'une décision se profile. À force de cogiter, le pataugeur ne sait même plus où poser ses pieds. En bord de mer, il trébuche, il sautille, il se trémousse, il zigzague çà et là, il oscille, il gigote sans cesse, il frissonne, il gesticule selon les penchants plus ou moins avouables de son subconscient pour finalement déraper sur quelques algues en vigilance orange. En piscine, ce n'est guère mieux. Il n'a pas de prise sur ce qui l'entoure, s'agrippe désespérément sur des supports hors sol et glisse parfois de tout son long sur le plongeoir ou sur le carrelage des bains-douches. Où qu'il soit, le pataugeur patauge… Plutôt que de couler à pic – ce qui réglerait définitivement la question – il fait du sur-place, il se conforte dans ses appréhensions, il se noie en lui-même, il se morfond dans ses doutes et surnage tant bien que mal dans le flot de ses incertitudes. Au mieux, il fredonne des romances sans paroles, pratique l'autosuggestion ou imite à la perfection les prouesses des nageurs plus expérimentés. Au pire, il fait amende honorable, reporte ses bonnes résolutions à plus tard, se confond en excuses et ne tarde pas à rebrousser chemin sous prétexte d'avoir perdu son ticket d'entrée. Toutes les occasions sont bonnes pour prendre racine. Dès lors il donne libre cours à son naturel vaseux, cite de mémoire cette phrase de Marcel Proust faisant de tout adepte de la natation un noyé en puissance et pour conclure, finit par ne plus se baigner du tout.

La madone du jacuzzi

Cette *pin-up* est apparue de bon matin dans une piscine de l'Ouest parisien. C'est une adepte du petit bain. Elle ne fréquente que les flots traités à l'ozone et chauffés à bonne température. Elle apprécie les bassins très tendances, en acier inoxydables, sur fond chromé et en partie amovible. Leur surface miroitante la rassure sur ses propres reflets. Elle y voit là matière à réfléchir ou du moins à jauger de plus près la répartition de ses grains de beauté. Un pas en avant, deux pas en arrière, et la voici prête à swinguer sur le plongeoir le moins rébarbatif. Quelques séances d'aquagym lui ont appris à durcir en temps et heure ses abdominaux, à raffermir son fessier, à bomber sa poitrine, à aguicher son monde avant de faire disparaître sur-le-champ tout capiton gênant. À n'en pas douter, cette *pin-up*-là n'a pas l'ombre d'un complexe. Pour mieux soigner son entrée en scène, elle est accompagnée d'une comparse, souvent à la ramasse, une fumeuse sevrée de nicotine ou une dépressive résolument misanthrope qui écoute d'une oreille attentive tout ce qui concerne les calories en moins ou en trop.

Toutes deux s'accordent sur ce point : les diktats de l'éternel féminin ne sont pas de tout repos... L'une s'astreint à boire du jus de citron pressé, à grignoter des algues déshydratées, à biberonner du bifidus actif ou à s'enduire le corps de crèmes amincissantes tandis que l'autre ingurgite à toute heure du son d'avoine, des cubes d'ananas, de la caféine hyper drainante, des barres de protéines et des brûle-graisses dont elle dose les effets selon les principes bien connus de la chrononutrition. Cette fidèle accompagnatrice n'est ni un laideron ni un canon de beauté. Elle se situe dans une juste moyenne qui la classerait plutôt parmi les frustrées de Claire Bretécher. Mêmes traits très accusés, mêmes poches sous les yeux, même sourire faussement désabusé. Ses cheveux filasses, son teint d'œuf brouillé, sa silhouette avachie et sa mine affligée n'ont rien à envier aux ectoplasmes du métro parisien. À moins qu'elle ne sorte tout droit d'une série télévisuelle où la vie serait prétendument plus belle. En l'espèce, elle a ce « je-ne-sais-quoi » d'attendrissant qui fait d'elle le prototype de la bonne copine. Toujours disponible, toujours à l'écoute, elle suit les épisodes lui relatant quelques erreurs d'aiguillage. Il ne lui viendrait pas à l'esprit de dénigrer les opportunités qui se présentent. À la guerre comme à la guerre… Pour l'heure, mieux vaut se détendre en bonne compagnie.

N'en déplaise à certains, la madone du jacuzzi n'est pas là pour causer mais pour faire causer. Dès qu'elle émet un doute sur la température de l'eau, la propreté des cabines, la conformité des casiers électroniques ou sur l'acidité des agents alcalins, cet avis fait aussitôt formule d'oracle et sa confidente du moment opine du bonnet (qu'elle porte légèrement en biais afin de mieux tendre l'oreille). Sa vie ne vaut pas un clou. Raison de plus pour refaire le monde. Le petit bain est prévu pour. On y croise tous les recalés du grand bain, en particulier les traînards, les frileux, les flagadas, les bancals, les coincés du dos, les courbaturés, les ankylosés, les recousus, les rétrécis au lavage et les siphonnés de tout acabit. Dans l'ordre ou le désordre, on y côtoie du féminin et du masculin, mais aussi des trans, des inters, des bi-curieux (ou curieuses), des bis-tout-court, des neutres, des variants, des non-conformes, des rétifs à la norme, des hétérocentriques, des métrosexuels, des exhibitionnistes convoquant le ban et l'arrière-ban des voyeurs asexués, des Lolita plus Lolita que nature, des papys flingueurs et des mamies qui font boom. Autant de cocktails hormonaux dont chacun semble s'accommoder. Finalement, nos piscines municipales accueilleraient près de 50 nuances de genres à référencer à son gré. Dans ce contexte, nul ne se préoccupe des petits secrets de son voisin, seule compte la préservation de son espace vital, soit quelques mètres carrés de bonheur intense...

Quand la madone du jacuzzi s'apprête à sortir du bain, elle le fait avec délicatesse, en s'orientant d'un pas léger vers la sortie. Elle est toujours suitée de sa complice qui surveille ce qui pourrait tomber à terre et prend alors une mine de rase-moquette... Son passage à la douche se remarque à des relents d'effluves estivaux. Le monoï, le beurre de karité et l'huile de palme s'occupent de son corps de sirène tandis que le gel douche au pH plus ou moins agressif s'attaque aux communs des nageurs. Notre madone n'en a pas forcément conscience. À son contact, l'eau perd une bonne moitié de son acidité et les substances nettoyantes sont aussitôt sous son charme. Il faut dire que la donzelle s'y connaît en hydrothérapie, en massages bouillonnants et en nage à contre-courant. L'âge venant, elle entre désormais dans la catégorie des séductrices confirmées. Sa taille de guêpe, ses jambes de majorette et ses mensurations bien proportionnées répondent cinq sur cinq aux critères de l'esthétiquement correct. Ajoutons-y un maillot très tendance, un bonnet à frou-frou, des tongs fleuries, des émulsions euphorisantes et le tour est joué. La madone du jacuzzi sait ménager ses arrières. Le temps pour vous d'aller voir là-bas si j'y suis. Le temps pour elle de se refaire une beauté, de se préparer à entrer de nouveau en scène et de nous offrir en prime un avant-goût de nos prochaines vacances.

Le maître-nageur

En voilà un qui descend rarement de son piédestal. Cette étrange vigie serait en effet adepte du « *J'y suis, j'y reste* ». Une formule que l'on doit au général Mac-Mahon et à l'un de ses sbires après le fiasco du siège de Sébastopol. Mais l'heure n'est pas aux sous-titres anecdotiques et l'individu en question n'a pas la tête à ça... Si l'on en croit son air faussement désabusé, son métier de maître-nageur l'a accoutumé à tout. On ne lui connaît aucune manie si ce n'est une légère tendance à bomber le torse et l'on pourrait presque le confondre avec ces silhouettes caramélisées assistant aux tournois du Grand Chelem. Ceci entraînant cela, on serait presque tenté de voir en lui un poseur, un flemmard pathologique, un abonné au transat, un *loser* recyclé à point, un planqué aux joues mal rasées ou bien encore un intermittent de certains spectacles. En réalité, ce voyeur saisonnier travaille depuis des lustres en piscine municipale. C'est un adepte de la gymnastique rythmique, de la musculation en apesanteur et d'exercices à relaxation immédiate. Il connaît comme sa poche les établissements vieillissants (ou en voie de l'être) pour cause champignonesque. Il propose même un accompagnement personnalisé en bordure de bassin, soit à titre de coach, soit en déployant ses talents d'éducateur sportif, de moniteur de plongée ou de réanimateur en centre fitness. En dépit de quelques pannes de secteur, il veille au bien-être des baigneurs et prévient toute intoxication au chlore par des recettes bien à lui.

Apparemment, son métier est l'un des plus vieux métiers du monde et ses observations auraient commencé au premier siècle avant notre ère dans les fameux thermes gréco-romains, à Ostie, à Tivoli, à Rome, à Leptis Magna, à Catane, mais aussi à Néris-les-Bains, à Annecy, à Arles, à Bagnères-de-Luchon et à Aix-en-Provence. On l'aurait repéré à la fin du dix-huitième siècle, dans la première école de nage recensée à ce jour, soit dans un bassin flottant, inauguré en grande pompe en 1785, près du pont de la Tournelle. Le mot même de piscine viendrait d'un poisson d'origine latine (*piscis*) voguant au gré de l'étymologie. Depuis, le maître-nageur officie sur des plages surfréquentées ou dans des établissements de bain certifiés comme tels. Il ne tolère aucune fausse note en matière d'hygiène et se poste invariablement le long du bassin, à deux pas de ces flots bleus dont il peigne la surface à l'aide d'un râteau écumoire ou d'une épuisette télescopique. A priori, il n'a pas l'air de surveiller quoi que ce soit, hormis quelques surexcités au regard allumé. Ses réflexes étant un peu engourdis, il intervient avec un léger décalage horaire et fait la sourde oreille aux doléances du jour. D'autres diront qu'il vit dans son monde et qu'en présence de tous ces corps flottants, sa réactivité (ou ce qu'il en reste) navigue à vue.

Beaucoup l'ont vu parader près du plongeoir, s'attarder des heures durant à proximité des douches, exhiber des biscoteaux tout nouveaux tout beaux avant d'avaler un comprimé de vitamine C et de jeter un œil sur ses condisciples. Dans le meilleur des cas, il a le regard revolver et les muscles en acier chromé. Dans le cas contraire, il est du genre traîne-savates mal luné, bougonnant, grincheux et ventripotent. Mais les apparences ont bon dos et il y aurait autant de maîtres-nageurs que de piscines et presque autant de centres nautiques que de prétextes à nager. Ce qui n'est pas peu dire...

En général, le maître-nageur n'a pas l'œil dans sa poche et reluque tout ce qui s'apparente au genre féminin. Il a ainsi vu venir la madone du jacuzzi. Et il lui a immédiatement proposé ses services : quelques heures d'aquagym, par-là, quelques séances d'aquabike par-ci, quelques massages en bonus et c'en serait fini des kilos récidivistes... En toute logique, la réaction de cette starlette ne se fait pas attendre. Après avoir toisé son interlocuteur de bas en haut, puis de haut en bas, elle prend ce petit air pincé qui le refroidit aussitôt. Devant tant de simagrées, le maître-nageur claque des talons et abandonne ce premier casting pour les fans de la chaise longue et d'autres proies plus faciles à conquérir. Il dispose même au cas où... de tout un arsenal de bonnets, de lunettes et de maillots de bain faisant le bonheur des plus étourdi(e)s.

Pour passer le temps, il a installé sa chaise pliante non loin d'une petite table de camping. De là, il peut lister ce qui lui convient de lister, en priorité les retardataires, les zigzagueurs et les éclabousseurs confirmés. De temps à autre, il se met à siffler, à crier haut et fort, à faire les cent pas devant le grand bain, à renforcer ses abdominaux par différents exercices d'assouplissement. Ces gesticulations semblent le rassurer et le voilà parti dans des allées et venues parfaitement synchronisées. Entre deux rappels à l'ordre, il lézarde au soleil, il s'assoupit un peu (et même beaucoup), il se gratouille le nombril, il s'inspecte les ongles, il se caresse dans le sens du poil, il s'étire, il baille, il se cajole l'encolure et pour finir, il rentre son ventre, se dresse sur ergots, écarquille les yeux avant de chausser des lunettes ultrapolarisantes.

La rémunération d'un maître-nageur n'équivaut pas, loin s'en faut, celle du chef de bassin, mais en contrepartie, celui-ci peut – s'il le souhaite – laisser du temps au temps. Pour ne pas sombrer dans l'ennui, il se consacre à de menus travaux. Quand il ne « *veille pas à la sécurité physique et sanitaire des baigneurs* », il remplit des grilles de mots croisés, se compare à plus musclé que lui et griffonne des pages entières de doléances sur l'entretien et la salubrité de l'eau. De temps à autre, il consulte l'association des piscineurs anonymes, laisse un petit message sur leur boîte vocale afin de signaler une chlorophobie galopante. Certains instituts à but non lucratif fournissent ainsi à la demande des petites phrases qui peuvent toujours servir. L'une dit qu'à « *volume égal, le corps d'un nageur est plus léger que l'eau douce* ». L'autre précise qu'il n'est jamais trop tôt ou trop tard pour se jeter à l'eau. Qui sait ? Notre maître-nageur obtient peut-être un début de réponse auprès de Jules Renard, de Pierre Dac ou d'Henri Michaux. Pour ne pas couler à pic, tout contemplatif doit en outre se méfier des plongées en apnée et de sa propension à nager n'importe comment. Sauf s'il s'en tient à cette fameuse devise d'Héraclite selon laquelle un même corps ne plonge jamais deux fois dans le même élément...

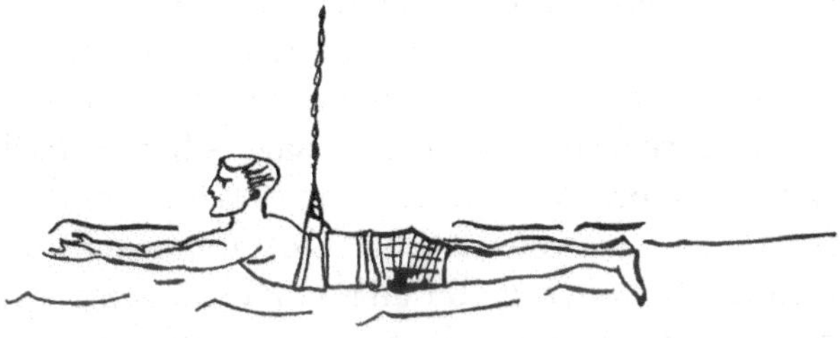

Le maître-nageur le sait bien. Entre la première et la dernière immersion en eau tiède, il y a parfois quelques préliminaires. Son homologue féminin ne semble pas s'en préoccuper. Elle se remarque à ses jambes trapues, sa silhouette tout d'un bloc, son pantalon unisexe et à ses sabots assez mastocs. Dans son vestiaire, elle dispose de toute une armada d'accessoires à destination des moins expérimentés. Ce sont pour la plupart des gilets pour bébés, des palmes, des planches, des tapis flottants, des ceintures en liège, des pince-nez, des ballons de water-polo et des bonnets de natation en maille ou en latex suffisamment extensibles, de couleur rouge écarlate, bleu électrique, jaune citron, vert fluo ou rose pastel qu'elle offre bien volontiers au premier nageur venu.

Cela ne vous a pas échappé : le maître-nageur a bien d'autres choses à faire que de répondre à nos *desiderata*. D'après les arrêtés et consignes officielles, il est censé avoir une vue globale sur l'ensemble des baigneurs, prévoir les dangers imminents (noyade, malaise, dérapages en tout genre), réduire les cas d'hydrocution, maintenir coûte que coûte notre tête hors de l'eau et pratiquer *in extremis* un bouche-à-bouche thérapeutique. À ses temps perdus, il peut contribuer à la réduction du taux de calcaire et encadrer des activés prétendument ludiques. En règle générale, il n'apprécie pas particulièrement son prochain, ni qui que ce soit d'autre à l'exception des usagers hyper disciplinés. Ce n'est pas forcément un ami de mes amis et il n'est pas plus altruiste que vous et moi... C'est même parfois tout le contraire. On pourrait voir en lui un tyran domestique, un faiseur de torts, un chefaillon au regard inquisiteur, un harceleur hors pair, quelquefois un aboyeur, un furibond, un hérissé d'amertume, un « beauf de service » habitué de la drague à deux balles et un ronchon trouvant toujours prétexte à redire sur la bonne ou mauvaise conduite des uns ou des autres. Cet énergumène serait en outre enclin à se noyer non pas dans un verre d'eau mais dans une soupe à la grimace de sa préparation. J'en ai été témoin. J'en ai vu qui faisaient de drôles de bouilles, qui exigeaient avant toute baignade un garde-à-vous systématique. J'en ai même connu avec des mines contrites, des pilosités d'orang-outan, des bras intégralement tatoués. J'en ai entendu qui vociféraient pour un rien, qui s'égosillaient en émettant de redoutables ultimatums à tout nageur se trouvant en mauvaise posture. Mais, si invivable soit-il, le maître-nageur fait néanmoins partie de notre paysage sentimental. À la longue, il finit même par nous émouvoir et par nous convier bien malgré lui à de petits arrangements à l'amiable. Parfois, en fin de journée, son œil se teinte d'une lueur inattendue. C'est, nous dit-on, à cette minute décisive, quand le carrelage de piscine se met à ruisseler de bonheur, que l'instant présent lui paraît digne d'être vécu. Cette soudaine accalmie le rassure sur son devenir. Il se sent un peu moins seul et semble accéder à plus de sérénité. Peut-être se souvient-il du temps pas si lointain où un mouvement de brasse l'allégeait des pesanteurs passées et où il entrevoyait enfin comme la possibilité d'un rêve…

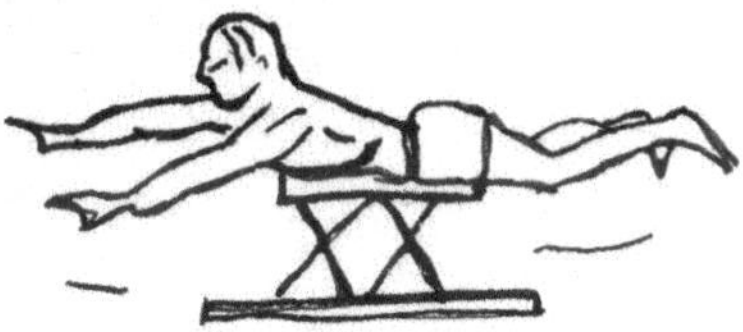

Le barboteur en culotte courte

Ce garnement a souvent la bougeotte. On le voit rôder à proximité des douches, se précipiter dans le pédiluve et dans toutes sortes de bassins plus ou moins expérimentaux – jacuzzis, piscines à vagues, toboggans en zigzag, plongeoirs interactifs – où l'eau déborde d'énergie. À moins qu'il ne préfère rester tout bonnement assis sur les marches du petit bain avant qu'un plus grand ou plus costaud que lui le prenne en main... Notre barboteur fait partie d'une confrérie assez bruyante, celle des braillards du mercredi après-midi et des exclus des garderies. En piscine, il est toujours accompagné d'une nounou ou d'un frère de substitution jouant bon gré mal gré les baby-sitters. Il ne se déplace pas sans son doudou du jour (bouée en celluloïd, bracelets gonflables ou ceinture de natation en liège) et ne quitte pas des yeux les baigneurs de la dernière heure. Pour un peu, il leur ferait bien un croche-patte. S'il s'abstient, c'est qu'il a d'autres comptes à régler, notamment avec des corps flottants plus ou moins désœuvrés et des habitués du bain à bulles qu'il rêve de taquiner sous l'eau.

Au sens chronologique du terme, ce barboteur n'a pas encore atteint l'âge de raison. Il mesure en moyenne entre 85 et 90 cm de haut, s'exprime par monosyllabes et, pour ne rien arranger, fait caprice sur caprice. Il est plutôt du genre increvable. Quand rien ne va, il pleurniche, il braille, il piaille, il s'esclaffe, il s'égosille, il trépigne d'impatience, il se dandine, il sautille, il pivote sur lui-même, il frappe qui lui résiste, il squatte l'échelle du grand bain, il s'agrippe désespérément à toute main tendue avant d'occuper l'échelle du petit bain et de baptiser à grandes eaux tout nouvel arrivant. À première vue, le barboteur en culotte courte tambourine où ça lui plaît d'abord sur les corps ou objets les plus accessibles puis sur quiconque s'intéressant à sa petite personne. À tort ou à raison, ses hurlements passent pour des signes évidents de vitalité et son énervement s'accroît avec le chassé-croisé des nageurs. Plus le temps passe, plus son espièglerie se fait sentir et mon petit doigt me dit que ce n'est pas fini...

Lorsqu'un adulte le sermonne, le barboteur affiche une mine réjouie. Il rit sous cape, joue au « *grattez-moi là* », roule des yeux exorbités, titille l'élastique de son bonnet de bain et se cramponne aux nageurs les plus proches tandis qu'on lui égrène une flopée de directives : « *Fais ceci, ne fais pas cela...* », « *Attention à la dame !* », « *Laisse passer le monsieur...* ». Autant d'avertissements qui ne tarderont pas à tomber à l'eau... Bien évidemment, le barboteur ne sait pas plonger ou si mal que lorsque d'aventure il s'élance, il fait un plat retentissant. Dans la foulée, ses gigotements reprennent. Ses bras et ses avant-bras moulinent à vitesse grand V, son cou se tend démesurément, son ombre s'avance au plus près de l'eau et ses cris frôlent la crise de spasmophilie. La présence d'un accompagnateur n'apaise pas, loin de là, son trop-plein de colère. Attaques et contre-attaques se succèdent jusqu'à ce qu'une mesure drastique soit prise. Selon les uns, cette agressivité serait due à des troubles psychomoteurs ou à une réelle dichotomie entre le geste et la parole. Selon les autres, cette instabilité maladive s'expliquerait peut-être par un sommeil écourté, une hyper sensibilité olfactive ou par une susceptibilité à fleur de peau. Il en résulterait un chaos indescriptible dans son voisinage immédiat ou parmi d'autres bambins aussi survoltés que lui.

En dépit d'un caractère bien trempé, il ne se jette pas immédiatement à l'eau. Pour y parvenir, il lui faut accomplir d'étranges rituels, chanter à tue-tête, marmonner de drôles de comptines et monologuer interminablement. Quelquefois même, il sautille. Il trépigne et se lance dans une chorégraphie sans fin. Paso-doble, salsa ou aqua zumba, tout lui va… Le bassin se transforme aussitôt en piste de danse. Sous bien des aspects, son ballet peut paraître désynchronisé, mais l'on n'en est plus là. Et ses piailleries se noient bientôt dans un bruit de fond indescriptible.

À cette heure, le barboteur userait son fond de culotte sur un plongeoir inoccupé. Il attend là le moment opportun pour exercer ses cordes vocales et jouer aux ténors de salle de bains. Son air cachottier sait ce dont il retourne… Après maintes grimaces et autres pieds de nez à l'âge soi-disant adulte, ses ruses de Sioux pourraient bien le conduire sur un terrain plus que glissant… Plus il manifeste son désir d'exister, moins on l'écoute. Et moins on y prend garde, plus il en monte en décibels. Cette ultime pirouette le met dans un état de stress éminent et son intrépidité ne connaît aucune limite. Il n'y a désormais plus d'autre issue possible. Tant qu'à faire… Autant s'offrir deux caprices pour le prix d'un et en finir pour de bon avec les donneurs de leçons. Circulez… Y'a rien à voir !

Dame grenouille

Ce micro-format passe souvent inaperçu. Avec sa coupe au bol, ses gambettes légèrement arquées et son air gentillet, elle ne tient pas à voler la vedette à qui que ce soit. C'est la discrétion même. La modestie faite femme. La bonne étoile de tout nageur débutant. Dame grenouille a toujours le réflexe décisif. Il suffit de la suivre des yeux pour éviter tout carambolage subaquatique. Cette nageuse émérite est en effet une slalomeuse chevronnée qui a l'art de se faufiler entre les baigneurs. À sa vue, le crawleur change de braquet, le papillonneur modère ses ardeurs et le brasseur se sent très vite dépassé par ce petit bout de femme qui swingue au fil de l'eau. Seule, la madone du jacuzzi exprime le plus parfait mépris pour ce poids plume qui ne tient pas en place. Quant au maître-nageur, il s'est habitué à ses allées-venues et l'a immédiatement reléguée à des sous-ensembles dont il a le secret. Force est de constater que n'est pas dame grenouille qui veut. Pour accéder à ce statut plus que particulier, inutile de jouer les gros bras. Il n'est pas non plus recommandé d'avoir un tour de taille XXL, d'afficher une forme olympique et d'impressionner son monde par des effets de gonflette. Appartenir à l'artillerie légère est un état d'esprit. Une prédisposition naturelle qui suivrait les mouvements de l'air et conduirait à ne pas empiéter sur la liberté d'autrui.

À l'aube de la cinquantaine, dame grenouille est entrée toute guillerette dans la catégorie senior. Après la soixantaine, ça ne fait plus l'ombre d'un doute : dame grenouille n'a plus d'âge. Peut-être n'en a-t-elle jamais eu. Ses cheveux ont blanchi d'un coup et ses rides sont si bien réparties qu'elles la dotent d'un petit air rayonnant. Qui la connaît un peu n'y trouve rien à redire. Plutôt fine mouche, cette libre penseuse ne redoute pas d'être traitée de *has been*. Retraitée (ou non), il n'y a pas pour elle de date limite d'activité. Elle trouve toujours de quoi causer, de quoi s'occuper dans les excursions écolo-branchées, les clubs de naturistes et les virées touristiques à vocation œnologique. Qu'importent ses faux airs résignés, sa dégaine un peu périmée, ses Pataugas légèrement élimées et sa démarche sautillante. La situation présente l'incite à tirer leçon de ses forces déclinantes et à rebondir sur ses plates-bandes préférées ou sur des petits bouts de lagune se prélassant au soleil.

En piscine, ses actions se résument à des sauts de puce dans le petit bain, puis dans le grain bain après avoir gigoté un bon moment dans un bassin intermédiaire. Ses échauffements divers et variés se terminent sous les douches dans un frotti-frotta débordant d'enthousiasme. Mine de rien, cette fan de la baignade est une hyperactive, une inconditionnelle de la flânerie aquatique, une championne du plongeon en eau douce, une passionnée de la traque sous-marine. Son âge avancé ne la condamne pas – bien au contraire – au chômage technique... Aussi va-t-elle au devant de toute étendue d'eau qu'elle transforme aussitôt en bain de jouvence et affiche-t-elle une nette prédilection pour les cascades ensauvagées et les embruns aventureux.

Les soirs de pleine lune, on l'a vue plonger dans des lacs esseulés, des étangs crépusculaires et des baies scintillantes d'ennui. Le lendemain et le surlendemain, on l'a croisée dans criques infestées de moustiques, près des ruisseaux et des rivières situés entre deux estuaires. Au quotidien, elle se contente de la proximité des flots bleus et de la couleur lavasse des eaux municipales. Après les formalités d'usage, elle se réfugie dans le vestiaire pour revêtir un maillot une pièce et arborer un bonnet bleu pastel. Une fois arrivée à destination, il n'est pas rare qu'elle s'attarde en bordure de bassin afin de distinguer quelques silhouettes familières. Elle peut encore séjourner dans les bassins subsidiaires et braver les sens interdits en n'en faisant qu'à sa tête. Mais son plus grand bonheur consiste à arpenter d'un pas alerte les couloirs de piscine, puis à rêvasser un peu plus longuement sous la douche. Là, il lui arrive de faire causette avec d'autres dames grenouilles tout aussi occupées qu'elle. C'est à qui commentera les remontées de chlore, à qui frictionnera ses muscles engourdis, à qui décrira les clapotements du pédiluve, à qui s'activera sous le jet plus ou moins tonique des eaux de rinçage. Ces gesticulations se poursuivent jusqu'à ce que la pression de l'eau se tarisse. À ce moment précis, dame grenouille tend le cou vers quelques gouttelettes providentielles et fixe d'un œil inquiet la condensation de la buée. À deux pas de là, le sol est plus que glissant. Ses tongs commencent à montrer des signes de fatigue et les bretelles de son maillot ne peuvent s'empêcher de tire-bouchonner. Le moment est venu de lever le camp, de suivre les flèches directionnelles qui la ramèneront à la case départ.

Contrairement à d'autres grenouilles dites « de bénitier », cette sauvageonne ne perd ni sa vie ni son temps en conciles œcuméniques. Côté relationnel, sa vie se résume à très peu. Et c'est à peine si elle jette un œil sur ses acolytes. À défaut d'interlocuteur, elle fuit comme son ombre les rapports de force. Elle n'apprécie guère les culbutos du bain à bulles, les bodybuildés du thorax, les candidats à la musculation perpétuelle, les Narcisse à temps complet et les attitudes par trop ostentatoires. Sans même se l'expliquer, dame grenouille a fait vœu de sobriété. Nul signe extérieur de richesse chez elle. Nulle tendance à l'excès. Nul embonpoint corporel ou verbal. *Urbi et orbi,* elle joue en défense, elle botte en touche, elle se carapate et refuse en bloc toute tenue aguicheuse. Les modes passent, dame grenouille reste. La foule l'indiffère. La surconsommation ne lui fait ni chaud, ni froid. La frime et le bling-bling ne lui disent rien qui vaille. Dans une première vie, elle a vécu d'amour et d'eau fraîche. Dans cette vie-ci, elle est toujours partante pour refaire le monde. Prosélyte à ses heures, elle collectionne les prospectus anti-nucléaires, les manuels pro-véganes, les articles décrivant en long en large et en travers les méfaits du gluten, les séquelles de la pêche électrique, la nocivité des ondes WiFi, la pollution à particules fines, l'invasion des perturbateurs endocriniens et l'hécatombe en masse des insectes pollinisateurs. Son casier de piscine regorge ainsi de plans B et de toutes sortes de slogans lui servant d'antisèches. En hiver, ces paperasses sont entassées sous un pull à col roulé, des chaussettes dépareillées, un gilet en flanelle grise et un anorak doublé de polaire. Dès les beaux jours, place au bermuda multipoches, à un tee-shirt en coton ultra-absorbant, à des badges Greenpeace, à une mini-lampe de poche à recharge manuelle et à un couteau suisse très opérationnel. On ne le dira jamais assez : l'organisation est pour dame grenouille le summum du bonheur terrestre. C'est la seule solution qu'elle ait trouvée pour ne pas s'arroger l'espace vital de ses voisins et se dérouiller les jambes en toute tranquillité. Pour ce faire, elle avance de guingois, comme le faisaient jadis les grenouilles mangeuses de crabes, les anémones de mer, les salamandres étoilées et les espèces appartenant à la famille des cécilies. Juste avant l'évacuation du bassin, elle s'autorise quelques échappées belles, ce qui lui permet de causer un peu avant le retour dans son bocal parisien : un cinquante mètres carrés, proche de tous commerces, lumineux, calme et sans vis-à-vis où elle a aménagé une salle d'eau répondant à sa soif de fraîcheur.

D'un zigzag à l'autre, dame grenouille finit toujours par retrouver son chemin. Son sens inné de l'ubiquité fait d'elle la championne toute désignée des gigoteuses du troisième âge. On l'a vue ici, on la reverra par là. Rien d'étonnant en soi... Dame grenouille vit sa vie sans chercher à épater qui que ce soit. Après une plongée du plus heureux effet, elle peaufine sa sortie en se hissant en douceur en bordure de piscine. Philosophe, elle contemple amusée l'hypertrophie de ses contemporains qu'elle classe et répertorie selon un barème de 1 à 10. La note minimale étant bien évidemment réservée aux frimeurs toutes catégories. Comme elle ne pèse pour ainsi dire rien, elle s'adapte à tout changement de température. Sa nature ectotherme ferait d'elle la descendante d'homoncules aquatiques et de papillons de mer à l'origine de la vie. Sans doute la reverra-t-on bientôt... dans un bassin ou dans un autre... évaluer *de visu* de nouveaux écosystèmes avant de se régénérer ailleurs.

Le râleur insubmersible

(À quelqu'un que j'ai bien connu…)

Ce cas d'école se remarque d'emblée. Carrément méchant, jamais content, il a une mine de papier tue-mouches. Même après un bon bain, il trouve toujours à chipoter sur la température de l'eau, la salubrité des douches, l'accessibilité des cabines, les conditions d'hygiène défectueuses et le remue-ménage causé par la marmaille en vadrouille. Il suffirait de soumettre ce mauvais coucheur à un logiciel de reconnaissance vocale pour en avoir le cœur net. Vous obtiendrez alors par ordre d'arrivée les phrases suivantes : « *Quelle vie !* », « *C'est un monde !* », « *C'est bien ma veine…* », puis un magistral

« *J'hallucine !* », un retentissant « *Tonnerre de Brest !* », et, pour finir, le sempiternel et redoutable : « *À quoi bon ?* ». Il n'y a pas mieux pour saper le moral des troupes. Et il n'y a pas meilleur antidote à la bonne humeur. Partout où il passe, rien ne repousse, ni le bonheur de vivre, ni la moindre promesse d'éclaircie. Il est donc recommandé de ne pas trop s'y frotter sous peine de sombrer dans le sixième dessous.

En piscine, son arrivée coïncide souvent avec la survenue d'un incident technique. Il se manifeste au moment précis où tout va mal, lorsqu'on détecte la présence de bactéries ultrarésistantes ou quand une bande de malotrus fait main basse sur le cadenas des vestiaires. On peut aussi le rencontrer lors d'une grève perlée ou d'une vidange à rebondissements... Cette complication de dernière minute n'étant pas prévue au programme, notre râleur ne décolère pas. Une ou deux heures passent ainsi à discourir pour ne rien dire. Car tant que l'incident n'est pas clos, l'intéressé entend bien avoir le dernier mot. Autour de lui, chacun y va de son commentaire, chacun s'inquiète de savoir qui fait quoi. La colère monte. L'impatience s'accroît. La fébrilité est à son comble et chacun joue des coudes pour se faire entendre. Notre râleur en chef interpelle le guichetier qui réitère le même constat. La piscine n'est plus opérationnelle et cela pour une durée indéterminée. À ces mots, ça se complique sérieux. L'homme fusille du regard cette fin de non-recevoir. En temps de guerre, il passerait bien à la gégène ou au lance-flammes le blanc-bec qui lui tient tête, mais nous n'en sommes pas là, et s'il veut parvenir à ses fins, il lui faut patienter un peu, ou du moins faire comme si de rien n'était et distiller son venin par doses homéopathiques. Alors il ronge son frein, fait monter la pression par des insinuations au demeurant assez anodines et prend une mine d'extrême-onction. Une caméra cachée pourrait le prendre au mot. Il est néanmoins difficile de lire sur ses lèvres. Il bougonne. Il murmure des phrases incompréhensibles, marmonne quelques formules d'excommunication tout en lançant des SOS au voisin le plus proche. Puis, il se dit fort contrarié par cet imprévu, se déclare pris de vertiges et exige d'être conduit sur-le-champ à l'infirmerie. D'un coup, le ton devient vindicatif. Il en rajoute une couche. Sa voix hausse d'un ton. Ses mains s'agitent, son torse adopte un mouvement de balancier et son regard en contre-plongée n'annonce rien de bon. Notre frondeur est à vif. Sa tension est à son maximum. Son cœur bat la chamade et son oreille interne commence à faire des siennes. Le voici en première ligne face à la foule des grands jours. Là, il sort le grand jeu. Il est au bord des larmes. Il s'essouffle. Il se sent barbouillé. Il exige, séance tenante, un défibrillateur, cherche sa boîte à pilules rouges et vertes, réclame haut et fort le service des urgences et sort une ordonnance prescrite par son médecin. Rien n'y fait. L'employé joue à guichets fermés. Dans cinq minutes, tout au plus, la messe sera dite. C'est le moment de jouer son va-tout. Notre protestataire exhibe un coupe-file censé lui faciliter les choses, puis il balance son sac de sport dans le sens des aiguilles d'une montre, grogne encore un peu, s'époumone en vain et, pour finir, menace d'en parler aux plus hautes instances. Le guichetier hausse les épaules. Des énervés comme lui, il en voit tous les jours. Il ne va pas s'affoler pour si peu. Il lui conseille de retourner chez lui ou de se rendre dans la piscine la plus proche. Dépliant à l'appui, il lui indique même quelques sites pour baigneurs en détresse. Mais le plaignant ne l'entend pas ainsi. Dans le genre dur à cuire, il n'y a pas mieux. C'est un coriace, un retors, un poison violent, un abonné à la loi du talion. Sa journée est gâchée. Dent pour dent, œil pour œil, promis, juré, craché : il gâchera celle des autres. Aussitôt dit, aussitôt fait. Et le voilà qui noircit le tableau. Cette fois, il s'en prend au petit personnel. Bousculant le balayeur, apostrophant le cabinier, invectivant qui lui déplaît, il agresse qui lui résiste. Cela commence par la femme-tronc distribuant sourires et tickets d'entrée. Cela se confirme avec le surveillant des douches, un stagiaire un peu trop empoté à son goût, avec une employée qu'il traite de feignasse ou avec le préposé aux vestiaires qu'il accable de grimaces et de bras d'honneur. Pour finir, il tarde à quitter les lieux, formule griefs sur griefs, s'arrête pile-poil devant deux éducateurs sportifs et un planton de service qu'il accuse de se baigner gratis puis déclare tout net cette zone sinistrée avant de tourner les talons avec perte et fracas... Bref, il ne fait pas bon croiser ce torpilleur de haut vol. Ceux qui en ont fait l'expérience s'en souviennent encore...

Mais le pire reste à venir. Le lendemain, à l'heure dite, c'est partie remise. Notre grognon malgré lui ne louperait pour rien au monde la réouverture de son établissement préféré. Cette fois, les bassins sont noirs de monde et notre ami est, comme il se doit, de mauvais poil... Ça le démange d'en découdre. Où qu'il aille, il y a toujours motif à gémir, à se plaindre et à maudire son semblable. Le pédiluve est trop glissant. Le grand bain trop fréquenté. Le petit bain pas assez surveillé. Le bain intermédiaire peu conforme à ses souhaits. Et ce n'est qu'un mince aperçu de ce qui va suivre. Car… la ventilation laisse aussi à désirer, les vestiaires manquent d'air, les cabines sont vétustes, le carrelage n'est pas de première jeunesse et la verrière risque à tout moment de lui tomber sur la tête. Sans oublier quelques petites mauvaises odeurs : relents de sueur, émanations de chlore et autres désagréments olfactifs que notre pleurnicheur détecte au pifomètre. Untel n'est pas assez ceci ou pas assez cela. Unetelle lui paraît affligée d'une insurmontable laideur. Quand ce n'est pas quelque imperfection ou défaut de fabrication qui lui gâchent la vue… C'est inscrit dans son ADN. C'est une question de karma. Cet insatisfait chronique maudit systématiquement qui lui sourit. Il n'y a pas plus ronchon que lui. Tout l'agace, rien ne lui sied. Tout l'insupporte, rien ne l'apaise. Il déteste son prochain comme lui-même et rejette l'humanité en général et en particulier. Dans le style « rabat-joie », c'est un chef-d'œuvre du genre. Exit l'insouciance, vive le défaitisme ! Au royaume des grincheux, le nihilisme est roi…

Ne lui demandez pas de faire profil bas ! Vue l'étendue des dégâts, il y a toujours prétexte à chicaner, à prendre la mouche, à exprimer sa hargne contre le genre humain et à jouer aux lanceurs d'alerte. Un simple oubli, une seule négligence de notre part et son esprit de contradiction se remet en route. Moyennant quoi, il y a toujours un hic et nul ne s'étonne de le voir pointer du doigt des reliquats de calcaire ou des échantillons de cheveux accumulés en dépit du bon sens. Le dézingage systématique semble lui réussir et l'aide à faire œuvre de salubrité publique. Allez ouste ! Tout le monde descend et par ici la sortie… Dans l'instant qui suit, c'est quasiment chose faite. Avec la fréquence d'un disque rayé et une précision arithmétique, cet esprit chagrin s'en retourne vers qui lui résiste. Jusqu'à preuve du contraire, il n'aurait pas trouvé meilleure échappatoire pour recycler son mal-être et se sentir sur le point de renaître.

L'hédoniste flottant

C'est bien connu. On ne naît pas hédoniste, on le devient. Il y a des hédonistes par omission, des hédonistes par procuration et des hédonistes flambant neufs sortis tout droit de manuels de remise en forme. L'hédoniste flottant, lui, est une espèce bien particulière. Il ne se sent à son aise qu'au bord de l'eau et ne peut assouvir sa fringale de bien-être qu'en présence de nymphettes frétillantes d'ennui. Celles-ci prolifèrent en piscines ou sur les vraies fausses plages des centres aqualudiques. Un bronzage dermatologiquement approuvé leur colle à la peau et le monokini leur va si bien que notre hédoniste ne sait où donner de la tête... Alors, il se prélasse et prolonge ce bon moment en citant de mémoire quelques phrases de Sénèque ou de Cioran. Il lit et relit *Les Amours* d'Ovide en se disant que tout arrive pour qui sait attendre. En fait, l'hédoniste flottant n'en est pas à son coup d'essai. Sa première baignade daterait de Mathusalem et son côté vintage lui viendrait de fréquents séjours dans les thermes romains. Bains froids, bains tièdes et bains chauds, sudations à sec ou à vapeur, massages puis épilations à l'huile parfumée n'auraient pas de secrets pour lui. Tous ces préliminaires seraient censés obéir à cette équation bien connue selon laquelle il n'y aurait pas d'esprit sain sans un corps sain. Sans être un fan de Juvénal, notre hédoniste en a pris acte. Il est entré en fonction au début de notre ère. Il a commencé par sévir parmi des Épicuriens fraîchement homologués avant de passer à tort ou à raison pour un libertin un rien libertaire. L'heure était à la prosodie, à la versification de tout état d'âme. De ce fait, il rimaillait souvent. Il baisouillait ici ou là. Il fuyait les peine-à-jouir, les pingres, les défaitistes, les stressés et les constamment déprimés. Il se donnait du bon temps. Il ouvrait mille et une parenthèses qu'il refermait à peine. Il se distrayait d'un rien, se réjouissait de peu et s'amusait beaucoup. Tout, pour lui, était sujet à divertissement.

Existentiellement parlant, c'était assez bien vu. Dans cet entre-deux qu'on appelle la vie, il s'en tirait plutôt bien. La rentabilité à tout prix et l'exploitation des uns au profit des autres ne le concernaient pas ou si peu qu'il ne cherchait pas à épater la galerie. Idem pour la soif de reconnaissance sociale ou le souci du qu'en-dira-t-on. À la ville comme à la scène, il ne s'en faisait pas. Il ne professait pas. Il ne se complaisait pas dans ses principes. Il n'imaginait pas de vie après la vie. Il n'attribuait pas à la mort de vagues promesses d'éternité. Il ne concevait même pas de solution intermédiaire. Ni purgatoire, ni rémission *post-mortem*, ni sursis supplémentaire. Pas la moindre planche de salut. Rien de rien. Le néant absolu. Cette perspective – si toutefois c'en est une – ne l'effrayait pas. La nuit noire ne l'inquiétait pas. Seule la bêtise aurait pu avoir sur lui une action dissuasive. Et encore, rien n'était moins sûr... Il ne songeait pas à penser plus haut que son QI. En un mot, il ne se prenait pas pour un autre. Il vivotait. Il taquinait les muses. Il convoquait, de jour comme de nuit, les mânes des anciens, s'en inspirait un temps et cultivait des petits bonheurs qui le lui rendaient bien.

À présent, l'hédoniste pratiquant a plusieurs décennies de drague au compteur. Son royaume est bel et bien de ce monde et son idéal féminin (ou masculin) est des plus prosaïques. Ce peut-être une minette de taille mannequin, une allumeuse à la voix nasillarde ou un éphèbe au genre incertain. Pour toutes ces raisons, il est tellement occupé à reluquer ses proies qu'il en oublie parfois de se baigner et si toutefois il se décide à le faire, il n'offre pas la moindre résistance à l'eau, ce qui occasionne bon nombre de collisions et de télescopages avec un (ou une) inconnu qui lui proposera de faire un petit bout de chemin avec lui.

C'est ainsi qu'il a rencontré son égérie du moment, une sirène du troisième millénaire, très présente sur Facebook et dans ces éphémérides virtuelles où le tout-à-l'ego est de mise. On y lit ses mésaventures en chambre, ses déconvenues conjugales, éventuellement ses fiascos, relatés jour après jour et quasiment heure par heure. On y découvre les variations saisonnières de sa libido vieillissante et l'on suppose que pour compléter au mieux son tableau de chasse, il se poste à proximité du solarium, à deux pas du club de fitness, non loin du spa ou des cabines de bain fraîchement repeintes. L'endroit est en effet idéal pour repérer ses muses potentielles selon des indices qui ne trompent pas : tour de taille ou de poitrine, répartition de l'indice de masse corporelle dans la limite des stocks disponibles. Ces considérations faites, il semblerait vouer un culte plus que particulier aux signes avérés d'immaturité. Les morphologies en cours de développement l'intéressent au plus haut point. Il y voit là motif à écrire et à renouveler sans le moindre scrupule son cheptel du moment. Les principales intéressées n'y voient pas d'inconvénient et se considèrent comme d'heureuses élues... Ce sont pour la plupart des clones de Barbie, des groupies du plongeoir, des naïades en quête de gloire littéraire ou de récentes recrues cooptées par un autre prédateur local.

L'hédoniste flottant n'est pas toujours, loin s'en faut, un mauvais bougre, ni même un vieux beau affamé de chair fraîche, un consumériste embaumant la testostérone, un sybarite tombé de la planète Meetic ou un jouisseur maladif sautant sur le moindre sursaut de jeunesse. Il a souvent la musculature resplendissante et les abdominaux hyperactifs. De là vient peut-être cette manie de faire bronzette jusqu'à plus soif et de se déprogrammer en temps et heure des obligations du lendemain. La lutte finale attendra bien un peu... Digne héritier des Stoïciens et des Épicuriens, notre hédoniste est l'un des rares hominidés à se débrancher dès que possible des obligations à temps plein et à regarder la mort bien en face. Aucun credo ne lui résiste. Aussi le voit-on toujours bon pied bon œil, et cela dès le petit matin car le plaisir appartient à ceux qui se lèvent tôt...

En bon théoricien qui se respecte, l'hédoniste flottant est à la fois dans l'être et le paraître, l'ascétisme et le libertinage, le hasard et la nécessité. Ce régime-là lui réussit assez et lui permet de cultiver une sobriété heureuse qui ne promet rien d'autre qu'un bonheur savouré au compte-gouttes. La plupart du temps, son narcissisme se nourrit d'un commerce de proximité et d'un égotisme clairement revendiqué. En vérité, ce bon vivant succombe souvent au seul plaisir des yeux et conformément aux principes d'Aristippe de Cyrène, ne met aucune de ses sensations en sourdine. Bon nombre de ses conquêtes – notamment une richarde décérébrée et une barmaid en chaleur – ne s'en sont jamais remises.

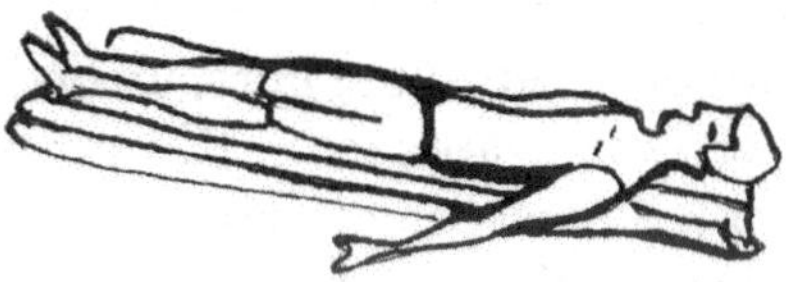

Mais trêve de commentaires et revenons aux faits. L'hédoniste d'eau de mer a le bronzage intense, le sourire éclatant et le muscle d'acier. L'hédoniste d'eau douce aborde la vie d'un air confiant et se souvient volontiers de cet adage selon lequel un homme heureux en vaut deux. Le stress émotionnel et les phobies obsessionnelles sont sans effet sur lui. Le seul épisode dont il se souvienne est un ébat improvisé au beau milieu de nulle part. Cette rencontre survenue à deux pas de l'espace de remise en forme aurait vite dégénéré en attaque à main armée. D'où sa phobie des snobinardes, des cuirassées au sourire Ultra Brite, des liftées à l'excès, des compliquées au possible, des bourgeoises bon chic et mauvais genre en recherche de quelques extras… D'où aussi son attrait pour la perle rare, la muse des muses qui lui fera dire tout et n'importe quoi sur les principes de l'art d'aimer. Car notre hédoniste a le verbe facile. C'est même son péché mignon. Il note, il annote, il commente, il compare, il analyse, il classe, il répertorie, il décrypte les comportements sexuellement suspects, les fixettes temporaires, les nymphomanies en sommeil, les compléments gestuels en mode obsessionnel. Il fait son miel de toute situation embarrassante et toute rencontre inhabituelle lui inspire des morceaux choisis qu'il livre à l'a priori de ses lecteurs. Il a ainsi rédigé un florilège de récits destinés aux générations futures et compilé ses impressions sous forme de haïkus. Enfin, il n'est jamais à court de commentaires surtout lorsqu'il lui faut argumenter sur une cambrure en chute libre, un décolleté prometteur, un postérieur avantageux, des poignées d'amour double ou triple épaisseur ou sur une androgynie non dénuée de charme qui pourrait l'inciter à virer sa cuti.

À ce jour, la flottabilité de cet hédoniste n'est certifiée par aucun appareil de mesure et, en l'absence de big data, ses signes distinctifs ne seraient mentionnés quasiment nulle part. *Le Petit Larousse* ferait de lui un adepte du maximum de plaisir pour un minimum de souffrance. D'autres définitions piochées ici ou là pourraient éventuellement lui convenir. Tels ce constat de René de Obaldia : « *C'est tuant d'être immortel* », ou bien encore cette formule apéritive – « *Il y a des minutes et des secondes qui contiennent tout un monde* » – que Jean d'O proposa en guise de friandises à ses lecteurs occasionnels. Cet hédoniste à temps complet s'amusait à rappeler que « *ce qu'il y a de mieux dans ce monde, de plus beau, de plus existant, ce sont les commencements* » Car, « *naître,* disait-il encore, *est toujours un bonheur* ». D'où son goût pour les plaisirs de la vie en plein air et les bains de soleil qu'il pratiquait en tenue d'Adam de manière à flirter incognito avec dame nature.

Pour vivre heureux, l'hédoniste du vingt-et-unième siècle ne vit pas forcément caché. Il lui arrive parfois d'être sous le feu des projecteurs et de participer à cet incroyable storyboard qu'on appelle la télé-réalité. À ses temps perdus, il peut encore se prêter, sans trop y croire, à l'applaudimètre, jouer aux vedettes d'un soir tout en gardant une distance de sécurité avec les aléas du *prime time.* Notre hédoniste le sait bien. Le bonheur est sans billet de retour et l'art du *carpe diem* ne s'embarrasse pas de principes. En direct ou en différé, impossible de revivre ce qui a été. Aussi lui faut-il son content d'arômes volatiles et de saveurs diffuses pour se mettre à l'écoute de ses cinq sens et laisser venir à lui mille et une nuances de plaisir.

Il arrive néanmoins que l'hédoniste flottant ait des états d'âme et qu'il fasse référence à Montaigne, aux Socratiques mineurs ou majeurs, à Héraclite prétendument obscur, à l'incontournable Épicure et au précurseur d'un stoïcisme bien tempéré : Sénèque qui prend l'existence telle quelle, vie et mort comprises. Lucrèce, le porte-parole attitré des particules élémentaires, confirme ses intuitions. Le plaisir est par nature buissonnier et n'adhère pas forcément au bien-être obligatoire. Quant au bonheur d'exister, il ne se résume pas à quelques formules toutes faites, tout au plus à quelques atomes fonctionnant sur la même longueur d'onde. Alors à quoi bon expliquer l'inexplicable ? Mieux vaut avoir un corps flottant qu'un corps plombé de certitudes. Plus l'on fréquente des bains révélateurs, plus l'on doit se préparer à larguer les amarres. C'est ce que constata, en son temps, Épicure. On dit qu'après avoir bu une ultime coupe de vin, il se délesta de certains regrets et vit son épilogue venir dans un bain de douceur. Dans un tout autre registre, Archimède en déduisit que tout corps plongé dans l'eau aspirait à une autre condition que la sienne. Pour lui, c'était à prendre ou à laisser. Nager et rêver ne faisaient parfois plus qu'un... Et nul, pas même le plus terre à terre d'entre nous, ne songerait à changer une équipe qui gagne.

Profession cyber-nageur

« *Je clique, donc je suis...* » Telle pourrait être sa devise. Ce spécimen préfère en effet le virtuel au réel, la rediffusion de ses faits et gestes à l'action en direct. Plonger immédiatement dans le grand bain n'est pas dans ses cordes. Même en formation accélérée, il n'y est jamais parvenu. Il lui faut quelques préparatifs, des repérages *in situ*, des arrêts sur image et des stationnements plus ou moins longs en bordure de bassin. Aussi traque-t-il sur la planète Web l'objet de ses désirs. Dans l'immédiat, ce sera une piscine paradisiaque avec un thermostat à bonne température. D'aventure en aventure, notre cyber-nageur a besoin de dresser un état des lieux de ses futures escapades, d'assimiler à toute vitesse le maximum de données sur l'endroit concerné et de chronométrer ses trajectoires selon des usages que lui seul connaît. Son poste de guet est un ordinateur dernier cri, une tablette tactile ultrasensible qui le connectera en un dixième de seconde à l'autre bout du monde. Il aura ainsi un premier aperçu des piscines à vagues interactives, avec bulles tourbillonnantes et musique d'ambiance à volonté. Et c'est toujours à distance qu'il sympathisera avec le *nec plus ultra* de la baignade en eau aseptisée.

Intramuros, notre observateur n'est pas au mieux de sa forme. Il a la mine un peu terne, les épaules tombantes, la bedaine imposante et la sclérose avancée. Son regard a en outre une fixité assez inhabituelle. Serait-il en état d'hypnose ? On le dirait presque. Où qu'il soit, le WiFi ne le perd pas de vue. À surfer ainsi à toute heure du jour et de la nuit, il en oublie le temps qui passe. Il en néglige les aléas du Web et constate que les spams, bugs et autres piratages ont peu d'effets sur lui. Même sans fibre ADSL, il poursuit ses repérages et déniche la piscine de ses rêves sur un site connu des seuls initiés. Ce peut être une piscine souterraine avec vue sur les fonds marins, une piscine musicale en forme de luth, une piscine abyssale située tout en haut d'un gratte-ciel ou une piscine-miroir reflétant d'innombrables variations sur le motif. Après avoir pesé le pour et le contre de tel ou tel bassin, notre cyber-nageur examine tout ce qui pourrait (ou non) justifier ses affinités électives. Propreté des vestiaires, temps passé sous les douches, nombre de flotteurs entre les couloirs de nage, état bactériologique de l'eau, rien n'échappe à son œil averti. Un site de cartes postales en ligne lui permet même de revoir en boucle les premiers bains flottants du pont de la Tournelle, d'assister au recyclage de l'eau de Seine et de revisiter des « gymnases nautiques » jadis peuplés d'îlots et de passerelles savamment ouvragés. Mais, pour le moment, rien ne presse... Notre cyber-nageur a d'autres projets en vue. S'il a lu et relu ses classiques (notamment les excursions nocturnes de Restif de La Bretonne), il n'a pas encore trouvé la piscine de ses rêves, le Graal de la baignade en plein air qui mobilisera sous peu toutes ses fonctions neuronales. Ses tergiversations donnent matière à réflexion. Les psys s'intéressent de très près à son cas et songent sérieusement à mettre son cortex sur écoute. Le temps passe et notre cyber-nageur n'est apparemment pas satisfait de ses visionnages en série. Il s'imaginerait bien dans un vaste multiplex orchestrant ambiances aromatisées et UV autobronzants. Aux dernières nouvelles, il envisagerait d'installer une webcam dans certains bassins expérimentaux et de se faire cryogéniser afin de pouvoir vadrouiller un jour sous les eaux glacées de la planète Mars... Mais, faute de baignade en temps réel, notre cyber-nageur croit toujours que l'eau a une couleur pixélisée et que son interface graphique pourrait changer la face du monde. Il prétend même que ses explorations sur fonds d'écran pourraient faire de lui un disciple de « l'agir dans le non-agir ». Depuis, son ordinateur est devenu une nacelle d'entraînement à sec et la cyber-attitude pourrait bien figurer parmi les fondamentaux de la natation. À plus ou moins long terme, d'autres logiciels réinitialiseront ses bases de données et d'incessantes mises à jour l'aideront à voguer vers des rivages en haute résolution. La belle affaire... En réalité, il pourrait bien être atteint du « syndrome de la cabane » et redouter toute confrontation avec le monde extérieur. L'idée de mettre le nez dehors l'inquiète à un tel point qu'il en vient à bouder son sac de piscine. Le spectacle de la natation lui suffit amplement et son statut de voyeur numérique lui permet d'échapper à la sensation de « jambe lourde ». Ce n'est pas folichon, mais c'est déjà mieux que rien. Nager par écran interposé lui évite les vestiaires cradoques et les glissades en milieu humide. Entre deux *streamings*, il s'imagine fendre la surface de l'eau avec plus ou moins de fougue. Ainsi n'embête-t-il plus personne sauf peut-être une certaine idée de lui-même.

Minute papillon !

Le papillonneur papillonne. C'est un pléonasme sur pattes. Hors de l'eau, il prend des airs de Batman et déploie aussi haut que possible ses épaules et ses avant-bras. Il est vrai qu'il a de sacrés biscotos. Ses séances de cardio ont porté leurs fruits. Sa suspension dans l'eau dépasserait de très loin celle des bouchons en liège et son hydrodynamisme ferait de lui un lointain descendant des dauphins, des poissons volants et de toute créature amphibie. Ses bras et ses jambes ont plusieurs décennies de nage en héritage. En plein effort, ses pectoraux et ses abdominaux redoublent d'énergie, ses tendons s'activent et son thorax se cuirasse du cou jusqu'au nombril. À mi-parcours, son rythme cardiaque s'apaise. Expirations et inspirations, diastole et systole veillent au bon fonctionnement de l'ensemble. Au repos, sa musculation est tout aussi impressionnante. Après, c'est quasiment de la routine. Biceps, triceps et quadriceps entrent en action. Ses épaules semblent sculptées au laser, son tour de poitrine s'élargit et sa masse musculaire en est définitivement changée.

Le papillonneur n'en a pas forcément conscience. Après le crawleur, il est le nageur qui met le plus grand nombre de muscles à contribution. Plus il s'active, plus la couleur du bassin a du mal à le suivre. Du bleu pétrole, elle a viré au gris ou, plus exactement, à une teinte incolore située entre le bleu tiédasse et le gris chloré. On est bien loin du bleu vert clair des eaux du lagon... On est à cent lieues des eaux cristallines des bassins hollywoodiens, mais le papillonneur semble sûr de son fait. Il est de la génération d'Instagram. Il sait gérer son image et en joue complaisamment. Dès qu'il se met en messagerie instantanée, des émoticônes apparaissent en flux continu sur l'écran bleu de son portable. D'autres commentaires et non des moindres accompagnent chacune de ses initiatives. On s'extasie sur ses épanchements musculaires. On s'étonne de sa forme olympique, de son self-control, de son timing presque parfait et l'on déconseille au baigneur X ou Y d'en faire de même.

Bille en tête, le papillonneur n'a qu'une priorité : assurer de droite à gauche, puis de gauche à droite, une totale symétrie de mouvements. C'est une question de style. Dès qu'il se met à nager, il se propulse dans une autre dimension. Du plus loin au plus près de l'eau, un mini raz-de-marée se déclenche et l'effet est sans précédent. Le papillonneur est un agitateur-né, un brumisateur ambulant déclenchant de micro-tsunamis. Même en double file, il réussit à faire déborder le vase municipal. Sitôt son rythme de croisière atteint, ses bras moulinent à toute vitesse et ses contre-plongées sont des plus surprenantes. En plein élan, ses jambes prennent le relais de son torse, puis son corps se met à onduler des pieds à la tête à la manière d'un poisson-torpille. Cette oscillation perpétuelle pourrait durer une éternité. À telle enseigne qu'à trop papillonner, notre nageur pourrait bien perdre ses motivations de départ. Son capital énergétique n'est plus ce qu'il était et sa progression s'en ressent. Même hors de l'eau, notre papillonneur n'est jamais au repos. Entre deux baignades, il s'enduit la peau d'un baume raffermissant avant d'exhiber ses pectoraux à l'air libre et d'arpenter d'un pas assuré les zones de détente... Dans l'eau,il reprend goût à la vie et rebondit où ça lui chante. Une fois à terre, le papillonneur n'est plus tout à fait le même et marche un peu à côté de ses pompes. Ce léger flottement ne dure que quelques secondes. Cela lui permet de jouer avec les reflets du jour et de replonger illico où bon lui semble...

Ses longueurs accomplies, il peut se hisser sur l'échelle de piscine, observer les allées et venues des autres nageurs, vaquer à ses occupations préférées et draguer les égarées du vestiaire. À bien y réfléchir, sa silhouette ne vous est pas inconnue. Le Muséum d'Histoire naturelle vous en donne un premier aperçu dans une salle réservée aux bestioles non répertoriées. Toute comparaison faite, le papillonneur pourrait s'apparenter à un hippocampe volant, à une créature hybride en forme de deltaplane, à une chauve-souris semi-aquatique, à un dragon ailé, à un sphinx-tête-de-mort à propension macrocéphale ou à toute autre bestiole ayant entraîné en sourdine quelques bouleversements climatiques. Mais il y aurait prescription sur cette affaire et, depuis, l'évolution a suivi son cours. Actuellement, le papillonneur sévit parmi les nageurs expérimentés, si possible pendant les heures creuses, quand sa ligne d'eau est peu fréquentée. Sa respiration en trois ou quatre temps lui offre un très net avantage sur les brasseurs, dossistes, crawleurs et autres usagers de l'eau. Biomimétisme oblige... Et comme dirait un proverbe n'existant pas encore : « *Là où se profile un papillon, il y a toujours possibilité d'envol.* »

L'ankylosé(e) repenti(e)

Cet éternel convalescent est toujours mal fichu. En début de saison, son dressing lui a signalé les calories en trop et d'incessantes courbatures ont sonné le glas de ses galipettes nocturnes. Après une brève inspection chez l'ostéo, le cardio et le kiné, son corps a été déclaré peu disposé à l'effort et partiellement engourdi. Pour y remédier, on lui a prescrit de se remettre dare-dare à la natation. Au préalable, il lui faut choisir une piscine convenant à ses muscles récalcitrants. L'élue de son cœur est un bassin en moyen format, en acier chromé, traité à l'ozone et doté d'un bain à bulles des plus attrayants. Pour cette petite nature, c'est le compromis idéal. Moyennant un minimum d'effort, il peut s'y délester de son embonpoint et d'un engourdissement prématuré. L'eau à 27 degrés y est suffisamment chaude, le taux de fréquentation pas trop élevé, ce qui laisse à tout un chacun le soin de nager à son rythme.

Auparavant, son sac de natation se sera préparé à toute éventualité. On y voit une foultitude de gadgets : bonnets de rechange, gel douche, après-shampoing, lotions hydratantes ou cardiofréquencemètre évaluant à la seconde près les battements de son cœur. Une fois dans le bain, notre ankylosé n'en mène pas large. Il doit en effet se ménager un peu sous peine de glissade assurée. Aussi se lance-t-il dans une nage pépère... Ce sera d'abord une brasse dans les règles de l'art, puis une nage latérale à vitesse réduite. Peut-être se souvient-il des sacro-saints principes de la natation défendus jadis par un certain Jean-Sébastien-Eugène Julia de Fontenelle. Sous ce nom à rallonge, se cachait un éminent polygraphe qui fournissait bon nombre de prescriptions subaquatiques. Ce dernier lui aurait probablement parlé de l'île de Samos où l'on ne se mariait pas sans savoir plonger au moins à huit brasses de profondeur et lui aurait sorti cette bonne vieille théorie faisant de la plupart des quadrupèdes des rescapés des flots. Enfin, il aurait démontré par A + B que la natation doit ses lettres de noblesse à la plus haute Antiquité et qu'au temps des Romains était déclaré ignorant celui ne sachant ni lire ni nager. Il aurait ensuite décrit les premiers maillots en laine recouvrant les deux tiers du corps, énuméré différents établissements de bain situés quai de Béthune, quai des Tournelles, quai Voltaire, quai des Invalides ou quai d'Orsay, dépeint en ses moindres détails le bateau-lessive du quai « des quatre natations » et en aurait conclu qu'il n'est de bon bain que de Paris... Comme l'atteste cette devise – *fluctuat nec mergitur* – choisie par la corporation des nautes de Lutèce.

Pour le moment, notre ankylosé se dit encombré de lui-même, en proie au burn-out et à des courbatures à perpétuité. La plupart du temps, il gémit, il pinaille, il traîne des pieds et déclare tout net avoir la rate au court-bouillon, l'estomac à la renverse, la bedaine gonflée à bloc, l'épiderme en piteux état, les vertèbres en zigzag, la pilosité envahissante et le reste à l'avenant... En tout état de cause, il y a de quoi s'inquiéter. Son mal-être est préoccupant, son ego également. Son humeur s'en ressent et ses marges de manœuvre se réduisent d'autant. Sitôt arrivé, sitôt sous la douche et sitôt baigné. Ce remède lui fait un bien fou. Il ne se sent plus patraque du tout et ses angoisses s'estompent comme sous l'effet d'un gel euphorisant.

Parfois, il en vient à noter ce qui cloche chez lui. Une vertèbre en moins, un muscle froissé, un réflexe au ralenti, un tendon sur la défensive viennent compléter ce triste bilan. Tout compte fait, il n'y a pas de quoi s'inquiéter et des paroles amies ne tarderont pas à le requinquer. Un Stanisław Jerzy Lec lui conseille « *pour remonter à la source* » de « *nager à contre-courant.* » Un Pierre Dac lui dit qu'il serait préférable de « *savoir toujours assez bien nager pour n'avoir jamais à trop se mouiller* » et un Henri Michaux le met en garde contre sa tendance à rêver au fil de l'eau. « *Si un contemplatif se jette à l'eau,* lui dit-il, *il n'essaiera pas de nager, il essaiera d'abord de comprendre l'eau. Et il se noiera.* » Dont acte. Il en déduit que chaque longueur parcourue est une nouvelle page blanche et se promet de le noter noir sur blanc. Tôt ou tard, il écrira. C'est certain. Il retranscrira au cas par cas ses victoires contre l'ankylosement prévu. Sa page Wikipédia n'existe pas encore, mais soyez sûrs que ça viendra...

L'énergumène palmé

Il y a du palmipède en lui. Il en a l'aspect, la panoplie complète, le ridicule aussi. Dans une autre existence, il aurait plongé corps et biens dans une soupe originelle, un cocktail bactériologique où il aurait croisé les acteurs de l'embryogénie avant de se fossiliser dans un feuilleté précambrien. Dans l'immédiat, il se contente de piquer une tête en piscine municipale. Avant de passer à l'action, il sc munit de son kit de survie, notamment de bouchons d'oreille, d'un pince-nez, d'un bonnet de bain connecté à une musique relaxante, de lunettes de plongée et d'un spray antibuée. Auparavant, il aura pesé le pour et le contre de cet équipement sur mesure et aura revêtu un maillot en élasthanne résistant au chlore.

Chez lui, c'est un vieux réflexe. Il lui faut aller vite, toujours plus vite… Toujours plus loin aussi. Sa ligne de natation est si bleue, si proprette en un sens et si rectiligne qu'il se croirait en apesanteur. Il se sent, ici, comme un poisson dans l'eau et les reflets qui l'entourent sont comme des ombres familières. Plus rien ne l'étonne. Le film de sa vie peut enfin défiler sous ses yeux. Même en audiodescription, tout lui semble limpide. On se croirait en projection privée. Un long moment passe ainsi, à rêver, à s'émerveiller de tout et de rien, à observer les agissements des uns ou des autres et à imaginer ce qui se cache sous le scintillement du bassin. Ce spectacle lui ferait presque oublier les ciels crayeux de Paris et la bouillasse aux alentours. La plante de ses pieds en est tout émoustillée et son corps tout entier en frissonne de joie. Il se dirige alors vers la ligne d'eau la plus en vue et semble résolu à ne pas passer à côté de l'exploit. D'un geste, il s'installe en bordure de piscine, ajuste ses palmes et glisse subrepticement dans l'eau. La suite, on la connaît… En quelques coudées, il maintient la cadence et parvient même à contourner tout obstacle gênant. Ses gesticulations font de lui un navigateur hors pair, un as des as de la nage costumée. Entretemps, il a droit à quelques œillades appuyées sur son anatomie mais c'est un peu plus tard, bien plus tard, que sa cote de popularité est au plus haut. On reluque ses cuisses galbées, son ventre ultraplat et ses biceps bien dessinés. On commente son jeu de jambes, sa vigueur musculaire et son extrême mobilité et l'on s'émerveille du bon fonctionnement de l'ensemble. Preuve – s'il en est – des bienfaits de la nage et des vertus de l'aquaplaning en milieu urbain.

Cela étant dit, nager avec des palmes n'est pas à la portée du premier venu. Un minimum de précautions s'impose :

il faut d'abord nager avec des palmes courtes et pas trop rigides ; puis, avec des palmes plus longues, plus performantes et plus adaptées à la distance à parcourir... À raison de 30 à 45 minutes d'entraînement, deux ou trois fois par semaine, dans une eau moyennement peuplée, n'importe quel nageur peut y parvenir. C'est une question de volonté, puis de compromis entre la théorie et la pratique. Avec ou sans aide extérieure, les muscles sont à pied d'œuvre et luttent contre la crampe fatale. Quelles que soient les performances et les connexions entre la tête et les jambes, les longueurs s'enchaînent et les gadgets en tout genre (sacs étanches, cagoules de nage, tuba d'appoint, claquettes et chaussons de piscine) sont les bienvenus... La palme des palmes reviendrait aux nageurs chevronnés, aux adeptes de la glisse et de la nage olympique. Demain, ces performances seront télécommandées par des organes de substitution entièrement robotisés, modulables à l'infini et animés par des électrodes planquées au bon endroit et réagissant au bon moment. On pourra se munir d'une puce électronique experte en rétropédalage automatique ou bien encore s'équiper de lunettes intelligentes avec caméra intégrée et lentilles bioniques assurant une vision 3D.

D'ici là, d'autres prototypes auront fait école. Nos bonnes vieilles bottines aquatiques seront de l'histoire ancienne et finiront leurs jours parmi des archéo-matériaux autodestructibles. Même en baladodiffusion, tout record de vitesse paraîtra vain et seules des considérations philosophiques pourront changer la donne. Cette addiction à l'accessoire nous ramènera-t-elle à l'essentiel ? En piscine comme partout ailleurs, mieux vaut ne pas présumer de ses forces. Qui plus est, le bidouillage organique n'a pas la science infuse et certaines habitudes finissent par échapper à nos recoupements gestuels. « *Il fut un temps où les nageurs se considéraient comme des espèces de bateaux à vapeur* » en déduisit un jour Marcel Mauss tout en soulignant que le corps serait « *le premier et le plus naturel instrument de l'homme* ». Le reste pourrait bien n'être que littérature...

La tornade des vestiaires

On dirait un dessin de Reiser. Avec sa pilosité en jachère et ses dessous plus que douteux, on ne sait plus trop s'il porte un maillot certifié conforme, un slip kangourou recyclé en boxer de bain ou un caleçon ouvert à tous vents... Il s'en faudrait de peu pour qu'il nous offre un aperçu complet de ce qu'il est censé cacher. Ça fait parfois jaser. Ça ne plaît pas vraiment aux agents d'entretien car ça ne sent pas très bon à son approche. Ça cocotte même un peu. Cette impression se dissout sous les douches pour réapparaître quelques mètres plus loin sous forme de borborygmes plus ou moins audibles. Car ce spécimen-là se signale par un dialecte bien à lui, fait de propos inintelligibles et de grognements monosyllabiques. Sa géolocalisation actuelle est assez controversée et le situerait sur une bande d'arrêt d'urgence, une zone de non-droit qui servirait à l'occasion de cabine d'appoint. Ledit phénomène y a ses habitudes. Certains l'ont vu s'aventurer à cloche-pied vers le secteur des jacuzzis, se diriger ensuite vers la clôture de sécurité, puis vers la pataugeoire menant au jardin aquatique. D'autres ont constaté qu'il rebroussait chemin dès qu'un maître-nageur pointait le bout de son nez. Son principal passe-temps consisterait à ouvrir inopinément toute cabine de bain récemment squattée. Il a ainsi surpris quelques baigneurs sur le retour, notamment une drag-queen en pleine séance de maquillage, un inspecteur du travail aux yeux fouineurs, un faucheur de carte Navigo et un défrisé du poil pas ou peu au courant de l'effet qu'il produit. Toutes prévisibles soient-elles, ses entrées en scène sont souvent mémorables. Au départ, on entend un bref claquement de porte, suivi de cris d'orfraie (ou de putois) très chargés en décibels, d'indignations circonstanciées et de menaces de procès pour attentat à la pudeur... Les nageurs essorés en ont souvent fait les frais et ont même lancé à son encontre plusieurs avis de recherche dans toutes les piscines de France et de Navarre.

Tandis que je vous parle, cet épiphénomène pose toujours problème. On dit qu'il est d'humeur massacrante et qu'il aurait dans le collimateur toute apparence surfaite : allumeuses récemment liftées, nymphettes défraîchies, clones de Barbie, blondes platine en mode flashy ou hologrammes de Miss France. On suppose qu'il repère ses victimes en fonction de leur degré de cachotterie. Il aurait ainsi une prédilection pour les mères-la-pudeur, les longs à la détente et les 100 % complexés. Avec le temps, il est devenu expert en sciences locales et aurait ses entrées au quai des Orfèvres. On lui connaît des accointances avec un groupe d'analyse comportementale et l'on s'apprêterait à relater ses intrusions dans la vie d'autrui dans un essai sur les syndromes confusionnels. Autre fait observé : il aurait plus d'une fois dérogé au *dress code* habituel en opérant dans le plus simple appareil. Parmi ses prochaines victimes, figurent une rédactrice au courrier du cœur, un vendeur d'assurance-mort, un préposé au sourire automatique, un prescripteur de bien-être, une assistante sexuelle agréée, un bodybuildeur en phase extensible, un ventriloque en rediffusion non-stop, une ventouse aquaphile de genre indéterminé et un contributeur au délire climatique. Si vous vous sentez agressé par ce drôle de mariole, n'hésitez pas à vous manifester auprès des instances sportives qui relaieront l'info en temps voulu. Officiellement, cette tornade serait *persona non grata*. Officieusement, elle n'en fait qu'à sa guise et se serait procuré un passe-partout lui assurant une entrée à vie dans toute cabine de bain qui le veut bien. Selon les connaisseurs, ce trouble-fête serait en outre un cyclone de force 10. Même les murs porteurs n'y résistent pas. Quand il déboule dans les vestiaires, ça fait un bruit d'enfer et son souffle caverneux amplifie *in extenso* la cacophonie de ses cordes vocales. Lui se contente d'enfoncer des portes ouvertes en énonçant tout haut ce que certains pensent tout bas. L'âge et l'expérience aidant, son phrasé devient de plus en plus saccadé et son débit illimité fait de lui l'archétype du casse-pieds intégral. Nul ne l'arrête dans l'exercice de sa vindicte. Fini le savoir-vivre, en avant les bousculades, les onomatopées, les esclandres, les propos à l'emporte-pièce, le rentre-dedans en veux-tu en voilà...

C'est quasiment un jeu d'enfant. Même sans haut-parleur, il est toujours en voix off. Ça frôle le harcèlement textuel. Gare à celui qui voudrait l'interdire de séjour. En d'autres circonstances, sous d'autres latitudes, ce trublion pourrait bien revenir sous forme de courant d'air ou d'esprit taquin soulevant plusieurs lièvres à la fois. Son grand barouf ne fait que commencer. D'ici quelques semaines, il déclarera à la cantonade que l'air godiche de certains nageurs l'exaspère au plus haut point. Son agitation, assure-t-on, ne se calmerait qu'en présence de l'âme sœur. Autant dire que c'est loin d'être gagné.

Le bibendum à la dérive

Qui l'aime, hésite un peu à le suivre... Et pour cause... Sa façon de nager n'en est pas vraiment une. Il flotte tant bien que mal dans une eau trépidante d'ennui et se maintient à la surface de flots infiniment calmes. Et bien évidemment il ne tarde pas à se noyer dans un bain de bonnes résolutions. Disons pour faire simple qu'on le remarque à son air béat, à sa taille replète, à son menton grassouillet et au syndrome de gonflette progressive faisant peu à peu de lui un homme-bouée. Pour le trouver, inutile d'aller bien loin. Nul besoin de radar, de réactifs chimiques, d'optique adaptative ou d'analyseur de surface d'ondes. Sa présence est incontournable et sa nonchalance est celle d'un siesteur invétéré. Il dérive souvent au gré des eaux dormantes et s'éloigne de son port d'attache sans même l'avoir voulu. Auparavant, il aura renoncé au chemin le plus court et basculé après une énième pirouette sur un semblant de vaguelette. Comme par enchantement, les ondes municipales se seront emparées de son corps qui, toutes affaires cessantes, voguera de-ci, de-là, vers un horizon que lui seul connaît.

Les maîtres-nageurs l'ont souvent pris en flagrant délit d'escargotisme et voient en lui un gastéropode en lévitation spontanée. Les plus observateurs en font un disciple du *Bon usage de la lenteur*[3], un abonné aux RTT, un inconditionnel de la vie en double file et l'incarnation même de la *slow attitude.* On dit que son engourdissement résulterait de négligences prénatales ou d'un trop long séjour dans le ventre de sa mère. Ce qui expliquerait peut-être son goût pour les open-space et pour tout bassin XXL. Avec l'âge, ses bourrelets ne se cachent plus et font de lui un lointain cousin d'un célèbre représentant en pneumatiques. On prétend que ce clone publicitaire serait d'abord apparu, une chope de bière à la main, sur les affiches d'un débit de boissons avant de faire souche dans l'imaginaire post-industriel.

Nunc bibendum est (ou, en français dans le texte, il est temps de boire) disait le poète Horace afin de mieux s'enivrer de mots et de « *frapper la terre d'un pied léger* ». Pour l'heure, l'horizon s'en va à vau-l'eau et notre bibendum a plutôt tendance à boire la tasse. C'est un point de suspension dans l'espace, un piège à calories, un chef-d'œuvre en réalité augmentée. Dans le genre matelassé, on ne fait

3. *Du bon usage de la lenteur* de Pierre Sansot, Payot-Rivages, 1998.

pas mieux. Son embonpoint lui va à ravir et son côté chambre à air est des plus sympathiques. Hors contexte, il se conduit comme un éléphant dans un magasin de porcelaine. Son attitude un peu pataude saute aux yeux. Sa maladresse a quelque-chose d'attendrissant et sa démarche clopin-clopant finit par séduire son monde. Bibendum il est, bibendum il restera. Étant donné son tour de taille, on le prendrait presque pour un succédané de Grandgousier, de Gargantua, de Pantagruel et de tout ripailleur faisant bombance du moindre bout de gras. On lui prête les rondeurs du père Dodu, la bonhomie de Gulliver et un appétit digne de Micromégas, ce géant de la planète Sirius qui atterrit dans l'encrier de Voltaire. Son indice de masse corporelle n'est pas près de diminuer et le préserverait de la standardisation à tout prix. Son excédent en calories est un atout de taille contre les refroidissements saisonniers et les *selfies* sans ordonnance. En aucune façon, il ne voudrait échanger ses kilogrammes en trop contre des kilogrammes en moins. Maigrichons et maigrichonnes de tout bord, atrophiés ou étriqués du thorax ont beau le regarder de travers, il n'en a cure. Lorsqu'il est dans l'eau, il est enfin heureux. Il ferme les yeux, se tapote le gras du ventre, adresse des risettes à ses voisins les plus proches et se met à jouer aux bateaux tamponneurs. À l'instar des sumos japonais, il trouve dans sa silhouette expansive une vraie source de réconfort et ne songe plus aux petits tracas de l'existence.

Soit dit en passant, notre bibendum déborde de tendresse pour le vide qu'il s'apprête à combler. De temps à autre, il se met à rêver aux temps anciens, aux thermes gréco-romains, à la maison de Neptune-Amphitrite ou à ces vastes fresques où un simple filet d'eau se transformait en marbre polychrome... À bien y réfléchir, il leur préfère les caryatides de la villa d'Hadrien, les bassins-miroirs de Leptis Magna, les vasques votives de l'empire libyen et les atriums où bon nombre de reflets jouaient à cache-cache avec le jour. Même avec appel à témoin, notre bibendum ne sait plus trop l'âge qu'il a. Les systèmes de reconnaissance faciale sont formels : il incarnerait à merveille ce bon vieux principe d'Archimède selon lequel tout corps flottant finirait par se débarrasser de l'idée même de pesanteur. Ce comportement s'expliquerait par l'usage abusif de substances illicites ou par une digestion plus lente que de coutume. En fait, il lui est tout simplement agréable de baguenauder au gré des circonstances en se remémorant ses flâneries dans un bassin ami. Son enveloppe charnelle n'est somme toute qu'un corps d'emprunt qu'il devra restituer un jour à plus grand ou plus petit que lui. Moralité : pour lui, rien ne sert de maigrir... Mieux vaut consentir de temps à autre à une petite prise de poids et surnager à sa façon dans ce grand bain qu'on appelle la vie.

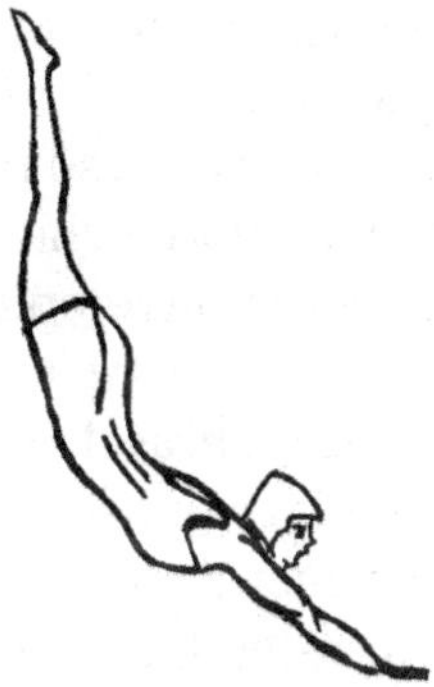

Le plongeur volant, contorsionniste et récidiviste

Où qu'il aille, sa réputation le précède... Il se veut acrobate, contorsionniste de haut vol et, pourquoi pas, maître yogi. En toutes circonstances, il se déclare maître de ses envolées. Cette façon d'être le réconforte, le distrait de la morosité ambiante, l'éloigne, pour un temps, du rabougrissement cérébral, des visées à court terme et des préceptes plus bas que terre. Quand l'envie lui vient, il se place sur le plongeoir le plus en vue et s'élance aussi loin que possible. Le plongeur volant est un utopiste, un jusqu'au-boutiste, un aspirant au rêve d'Icare, un champion de l'envolée stylistique. Pour lui, la vitesse n'est pas une fin en soi et le rebondissement serait le seul moyen qu'il ait trouvé pour mettre un terme à sa mélancolie maladive. Le plus souvent, ses plongeons s'effectuent en renversements et en retournements, plus ou moins synchronisés, plus ou moins tendus, selon leur degré de faisabilité.

Le plongeur en plein air aime créer la surprise et se laisser emporter par le ressac. Le plongeur en mer libre s'avance en toute confiance vers l'infiniment grand alors que le plongeur en eau chlorée choisit de doser ses effets. Son point de départ sera un tremplin de quelques mètres de haut. Son saut s'effectuera face ou dos au bassin, en avant ou en arrière, tête haute et bras droits, démarche souple et assurée jusqu'au décollage quasiment immédiat. En plein envol, le voici au sommet de son art. C'est le moment de gagner la sortie des artistes. Genoux pliés, il se met en position fœtale avant de basculer d'avant en arrière et de tournoyer sur lui-même. Son entrée dans l'eau se déroule à la verticale et, si possible, sans éclaboussures. Un parcours sans faute qui se caractérise par différentes chorégraphies : saut périlleux, saut en tire-bouchon, groupé ou carpé, selon les options du jour... Le saut de l'ange serait considéré comme l'ultime étape de ses figures de style. Quant au redoutable et redouté saut de la mort, c'est assurément un gage de non-retour. Le *dødsing* ou « plongeon fatal » consisterait à planer le plus longtemps possible au-dessus de la mêlée, quitte à faire un magistral plat...

Au dix-neuvième siècle, le plongeon était en soi un sujet d'étude. Les amateurs de synchronicités, les collectionneurs de coïncidences et les chasseurs de causalités simultanées examinaient de très près l'élongation du corps, l'étirement des muscles tandis que les plus alarmistes s'inquiétaient d'une entrée trop fracassante dans l'eau et des risques induits : compression de la moelle épinière, blessures aux cervicales, commotions cérébrales, pour ne citer qu'eux... L'un dans l'autre, tout finissait par s'expliquer et les amateurs d'émotions fortes se délectaient volontiers de ces sempiternelles contorsions. À l'heure où j'écris ces lignes, notre plongeur a toujours soif d'adrénaline. Son exploit accompli, il dévie légèrement de son centre de gravité de façon à se mettre au diapason du ciel. À ce moment-là, il lui arrive de fredonner des chansonnettes de son cru ou de recourir à d'autres figures inédites : saltos et contre-saltos, tourbillons de haut vol, pirouettes simultanées, flexions d'avant en arrière, voltiges à rebondissements, doubles ou triples loopings allégeant son corps de l'inconvénient de vieillir et des tracasseries du grand âge.

Quelle que soit la rançon de l'exploit, notre plongeur récidiviste (ou non) opère un mouvement de bascule, puis se propulse aussi loin que possible, pieds joints, jambes fléchies, bras en l'air, jusqu'à ce que son corps soit en position d'aquaplaning. Là, c'est la sortie de route garantie... Sauf si des vents providentiels en décident autrement, confirmant ainsi cette intuition de Paul Morand qui faisait du plongeon « *une nage en plein ciel* ».

Le médaillé en brasse coulée

C'est un fait reconnu : la brasse accueille le tout-venant des nageurs. Les gringalets qui ne savent que faire de leur corps apprécient tout particulièrement ce semblant de nage qui nous viendrait des grands batraciens. Son principe consisterait à écarter puis à resserrer bras et jambes tout en maintenant sa nuque bien droite dans le prolongement du dos. Le brasseur peut ainsi se mouvoir dans n'importe quel plan d'eau, à condition toutefois de respecter quelques notions de base, soit une bonne synchronisation des membres inférieurs et supérieurs. Contrairement à la brasse tout court (qui serait une sorte de grenouillage à la portée de tous), la brasse coulée est un spectacle en soi, un exercice parfaitement rodé où les mouvements des bras, des jambes et de la tête entraînent une série de plans-séquences particulièrement réussie. Le balayage de l'eau s'effectue en douceur, bras tendus vers l'avant, puis fléchis selon un angle de 45 degrés tandis que les talons suivent l'action des genoux et des cuisses. En pleine traction, la tête et la nuque se redressent, les épaules se contractent et les paumes vont de l'intérieur vers l'extérieur. En phase de glisse, la tête plonge dans l'eau et les membres inférieurs ou supérieurs ne font qu'un avec les flots. C'est à ce stade que le rythme s'accélère et que l'on peut parler de performance.

Le premier spécialiste en brasse coulée fut l'inventeur du niveau à bulles : un certain Melchisédech Thevenot. Ce physicien français, cartographe à ses heures et bibliothécaire du roi, fut l'un des rares à défendre la brasse qu'il considérait comme un véritable exercice de style. Il nous en offre un aperçu dans un traité de natation à l'usage de tous. Ses observations répertorient différents comportements. Les plus étourdis nageraient sur les bas-côtés du bassin tandis que les plus précautionneux s'en tiendraient à une succession de gestes bien précis. Enfin, les cœurs vaillants n'en feraient qu'à leur guise, ce qui n'est pas plus mal. En attendant, notre médaillé en brasse coulée a fort à faire. Une fois sur deux, il a la tête dans l'eau, ce qui lui donne un air un peu ahuri. Sinon, il a les yeux exorbités, la bouche asséchée, le maillot et le bonnet de travers. Ses lunettes sont tout embuées de vapeur et sa peau a manifestement la chair de poule. Cet Homo Delphinus a une façon bien à lui d'échapper à la promiscuité et c'est en pratiquant la politique de l'autruche, soit en fixant des yeux le fond du bassin, qu'il en oublie pour de bon les ombres agglutinées autour de lui. Toujours à la croisée de deux mondes, il évolue dans sa ligne de nage avec la grâce d'un danseur. Ceux qui le connaissent disent que ses mouvements semi-circulaires préparent l'eau à ce qui va suivre...

Non loin de là, le maître-nageur veille au grain. Mains au dos et claquettes au vent, il promène sa silhouette de Malabar d'un bout à l'autre du grand bain. Quand il n'inspecte pas la surface du bassin, il examine la propreté de ses tongs, entreprend quelques mouvements d'assouplissement, puis se poste à l'endroit même qu'il vient de quitter et constate que les inconditionnels de la brasse coulée battent à plates coutures les disciples de la brasse en surface dite « normale ». Comment pareil phénomène peut-il se produire ? Mystère et boule de gomme... On peut juste noter que, dans l'un et l'autre cas, le ciseau des jambes est comparable à celui des grenouilles et que l'élongation des bras s'effectue au plus près de l'onde.

Si la brasse coulée n'existait pas, il faudrait l'inventer. Ses adeptes se fondent si bien dans le décor qu'on ne distingue plus trop le côté pile du côté face. Leurs déambulations relèvent du jeu de cache-cache et calquent celles des grands cétacés qui disparaissent à intervalles réguliers de notre champ de vision. À leur contact, l'eau a en effet tendance à s'opacifier et à s'iriser de reflets plus ou moins grisâtres. Et ce n'est qu'une fois revenus à leur point de départ qu'ils y voient plus clair et que leur regard s'éclaire d'une lumière nouvelle.

Nota bene : les Amérindiens auraient inauguré ce qu'on appelle la « nage à l'oblique » ou la « nage à la coupe ».

Depuis, l'exercice semble aller de soi. Ses bienfaits musculaires sont quasiment immédiats et offrent une belle alternative au vieillissement avant l'âge. Cela étant dit, la nage ventrale n'est pas le fin du fin et le mot même de « brasse » fut naguère une unité de mesure « correspondant à l'envergure d'un bras ». Ce fut même en termes de marine un espace de cinq pieds, puis une étendue d'eau évaluée à l'aune de la toise. Autre temps, autre brasse...

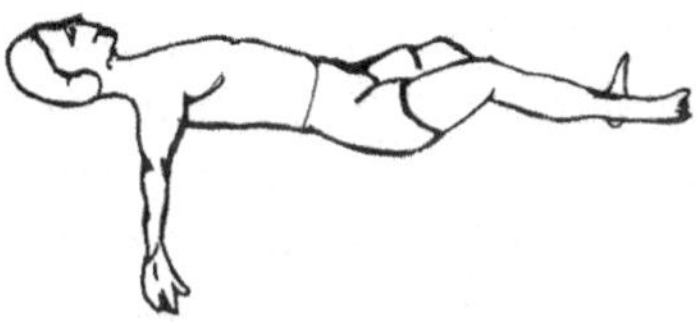

Le nageur à reculons

Il ne fait jamais rien comme tout le monde. « Il » désigne, ici, un hominidé de genre aléatoire et d'apparence assez banale. Selon toute vraisemblance, ce serait un baigneur de taille moyenne, l'un de ces êtres auxquels on ne prête guère attention faute de signalement requis. D'après de récentes études, cet individu préférerait stationner au beau milieu de ses semblables plutôt que d'aller de l'avant. On le repère à ses mouvements désordonnés, à ses embardées soudaines et à ses avancées à l'aveuglette. Autant dire qu'il n'a pas le moindre égard pour les quidams que nous sommes. Il nage où bon lui semble. Ou plus exactement il surnage dans un bain de microbes peu agréable à voir.

Le reste du temps, il vit en vase clos et poursuit vaille que vaille son existence d'employé ou de retraité modèle. Le jour J, il s'empare de son sac de sport et se dirige vers la station de métro (ou de bus) la plus proche. Une fois arrivé à bon port, il se défait en deux temps trois mouvements de sa tenue de ville. Pour aller où ? Bien évidemment dans un bassin chauffé à sa convenance. Entre 27 et 28 degrés, l'affaire est conclue... Le voilà dans l'eau, et pour un bon moment. Qu'importent son teint d'endive et ses cheveux sous cellophane. Un simple mouvement de tête, une ixième volte-face et il ne voit plus qui vient à sa rencontre. Le nageur à reculons n'est ni bête ni discipliné. Simplement il n'a pas le réflexe moutonnier. En tout bien tout bonheur, il n'hésite pas à changer de cap dès que l'occasion se présente. En cas de force majeure, ses bras et ses pieds ne suivent plus leur itinéraire coutumier et bousculent les consignes de sécurité en provoquant une avalanche de collisions en chaîne.

Quelquefois, le nageur à reculons abandonne le dos crawlé pour un succédané de brasse. Cela lui laisse le temps de flâner sans déranger qui que ce soit. Ainsi l'exige l'art du nager ensemble : certains à-côtés peuvent être providentiels. D'autres un peu moins, mais la pagaille a du bon et nul ne s'en plaindrait. Il y a du bonheur à nager n'importe comment, n'importe quand et quasiment n'importe où… Il y a aussi des contretemps heureux, des carambolages occasionnels qui se transformeront sous peu en d'inoubliables rencontres. Les petites guirlandes fluorescentes délimitant les zones de baignade n'ont qu'à bien se tenir. La nage libre n'est et ne sera jamais dans les clous. Les attestations de déplacement dérogatoire et autres sésames administratifs ne la concernent pour ainsi dire pas. Esprit gendarme s'abstenir…

Le vélocipédiste subaquatique

Il ou elle suit des cours d'aquagym. Il ou elle applique à la lettre des préceptes en développement personnel et pédale non pas dans le vide, mais dans une eau qui réduirait son poids de moitié. En pleine séance d'aquabike, toutes les audaces sont permises. Il ou elle ou toute autre entité centrifugeuse se sent pousser des ailes. L'action commence par un premier coup de pédale, puis par un étirement des jambes qui ne tarde pas à trouver son rythme. Avant de passer à la vitesse supérieure, le coach du jour lui aura fortement conseillé d'accélérer la cadence et de ne pas lésiner sur la dépense énergétique. C'est un peu la condition *sine qua non* pour perdre des calories. L'aquabike est une course d'endurance jalonnée de rituels bien précis. Il est donc déconseillé de papoter avec ses voisins, de s'épancher sur son guidon ou de s'appesantir sur son mesureur d'effort. Une chute étant vite arrivée, tout corps, même le plus aguerri, n'est pas à l'abri d'un faux mouvement, d'une entorse ou d'une hernie discale. Pour éviter ces effets secondaires et résorber le plus vite possible toute surcharge pondérale, il est recommandé d'aller chez un spécialiste agréé et de lire attentivement les notices explicatives distribuées en centres de remise en forme.

Tout adepte de l'immersion en roue libre a, comme qui dirait, un vélo dans la tête. Ses voyages dans un temps que les moins de vingt ans ne peuvent pas connaître, prendraient la forme de rêveries sur le motif ou de fantaisies vélocipédistes... On y verrait des fonds marins inexplorés, des paysages de carte postale, des éternels étés et des parenthèses océaniques se déployant dans l'atmosphère de la planète Terre. D'où son attrait pour les contrées imaginaires, les points de vue imprenables, les plages de sable fin et les rivages subliminaux avec effets spéciaux et projection de fantasmes à gogo.

Le sport a ses raisons que la raison ne connaît pas. Aussi tous les chemins mènent-ils à la vélosophie... Dès 1869, c'est au tour du cyclisme sur l'eau, dit « pédalo », de faire son apparition. On dit alors que « *le vélocipède a tous les avantages d'un cheval sans souffrir d'aucun de ses inconvénients* » et que « *pour le mettre en mouvement il n'est besoin que d'un léger effort* ». On s'extasie devant les « bateaux vélocipédistes » et l'on ne tarit pas d'éloges devant le « vélo-douche portatif » combinant hygiène, activité sportive et recyclage antigaspi. Boulevard Montmartre, on se bouscule au Cyclodrome où quatre ou cinq concurrents en lice s'activent devant un manège reproduisant à échelle réduite les scores des uns ou des autres. Depuis, on ne compte plus le nombre de procédés mimant des exploits qui n'en sont pas et l'on ne s'étonne guère de l'impact électrostatique de ces compétitions virtuelles.

Aujourd'hui, l'aquacycling est synonyme de minceur. Il estomperait l'effet cellulite, donnerait un sérieux coup de fouet à la circulation sanguine et préviendrait la rétention d'eau. En général, l'exercice se pratique en musique, sous l'œil vigilant d'un prof assermenté, en compagnie de quatre ou cinq recrues supplémentaires. Il en résulte un pédalage plus ou moins coordonné sur un vélo fixé au sol puis un hydromassage débloquant les articulations et réduisant les risques de courbatures. Il faut compter deux séances de 45 minutes d'aquabike par semaine pour être au top. Nul besoin, en outre, de savoir nager puisque l'action se déroule dans une piscine où l'on a pied. En revanche, il vaut mieux s'équiper de chaussures antidérapantes afin de brûler des calories en toute sécurité. La vitesse idéale se situerait entre 80 et 110 tours par minute. Plus le rythme est soutenu, plus on y gagne en tonus. Une musique psychédélique distille des modulations de fréquence qui stimulent les lambineurs, les amorphes, les lymphatiques et les tire-au-flanc. Selon toute logique, ceux-ci se délivrent ainsi d'une éventuelle rétention d'eau et de l'effet peau d'orange. Présentement, ce pédalage en eau douce est un art de vivre à part entière et se déroule sur un vélo à mobilité réduite. Son emprise au sol faciliterait toutes sortes de figures de style et d'improvisations pour le moins inédites. C'est toujours ça de pris sur l'odeur du chlore, les virus nageurs et les kilomètres d'eau avalés à longueur de bassin.

Le physiologiste en eaux dormantes

On ne sait plus trop comment il est devenu le contemporain de ses contemporains. Il a, nous dit-on, l'œil aguerri, la démarche décidée et la plume aux aguets. Ce pourrait être vous. Ce pourrait être moi. Ce pourrait être n'importe quel flâneur en pleine cogitation sur le motif. En dépit des modes, le physiologiste persiste et signe. Il étudie nos petits travers, commente le moindre faux pas, avant de répertorier tics et TOC non apprivoisables. Comprenne qui pourra… Naguère, ce réflexe lui valut de jouer les Cassandre. On parlait physiologie comme d'autres parlent de la pluie ou du beau temps. C'était il y a fort longtemps, à l'aube de la preuve par l'image, de l'anthropométrie, du bertillonnage et du délit de faciès. Les Brigades du Tigre en prirent de la graine et recrutèrent de fins limiers experts en comparaison immédiate. L'identification judiciaire était à ses prémices et tout signe particulier (ou stigmate morphologique) pouvait, à tort ou à raison, être pris au sérieux. Le « portrait parlé » était né. De la racine du nez à l'épaisseur des lèvres, de la hauteur du front à la largeur des pommettes, tout était classifié, répertorié et commenté au poil près… Il n'y avait plus qu'à passer de la théorie en pratique. Cela ne se fit pas du jour au lendemain. Les pièces à conviction tardaient parfois à venir et le déterminisme rejoignit bientôt le vestiaire des idées reçues.

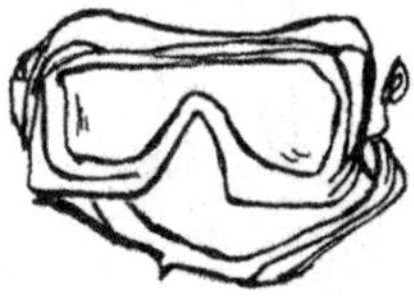

Trop fantasque pour être honnête, la physiologie fut ensuite reléguée au rang de passe-temps à but non lucratif. Chacun fut fier de ses a priori. On compara ce qui n'était pas comparable en soi. On en tira des déductions hâtives et l'on collectionna des formules à l'emporte-pièce. La physiologie était bien décidée à faire école et finit par débouler dans un bassin municipal où elle aurait tout loisir d'étudier la population locale.

C'est d'ailleurs dans une piscine un peu tristounette qu'elle recruta son premier contingent d'observateurs. C'était pour la plupart de piètres nageurs et des poules mouillées de la pire espèce. Ils y regardaient à deux fois avant de se baigner et affectaient un certain dédain à l'égard de cet étalage de bourrelets ou de biceps plus ou moins avantageux. Dans de telles circonstances, difficile de faire le tri. En son temps, La Bruyère aurait pu leur venir en aide, Molière leur aurait soufflé des répliques qui font mouche et La Fontaine n'aurait pas lésiné sur les allusions grivoises. Mais l'heure n'est plus aux traits d'esprit. La caricature est passée de mode, les mentalités se veulent aussi lisses qu'un carrelage refait à neuf et cette pensée d'André Gide faisant du sage « *celui qui s'étonne de tout* » n'est plus tout à fait d'actualité. Notre physiologiste le sait bien : dès qu'il est en bordure de bassin, sa rétine devient photoréceptrice. Démarches hallucinées, regards azimutés, épaules de traviole et dégaines un peu louches captent d'emblée toute son attention. Avec un peu de chance, il pourrait nous décrire par le menu le syndrome de Protée, cette excroissance d'os et de la peau qui fit de Joseph Merrick le premier homme-éléphant connu à ce jour. Il pourrait verser dans l'eau un colorant réactif à l'urée afin de mettre un terme à l'incontinence de certains baigneurs. Il pourrait faire preuve de plus de bienveillance, se pencher d'un peu plus près sur des corps a priori fort laids pour en souligner la beauté intérieure, ou, a contrario, noircir le trait et s'en tenir à de vagues croquis. S'il n'en fait rien, c'est qu'il se plaît à répertorier les représentants du monde flottant, à mémoriser tout ce qui lui paraît digne d'être portraituré, notamment les caractériels de naissance, les phobiques, les obsessionnels, les rabat-joie, les siphonnés, les névrosés, les snobs, les compliqués au possible, les hystériques, les décrépis, les zombies, les cocus notoires et les dépressifs chroniques qui ne se remettront jamais de l'inconvénient d'être né.

Par pure politesse, il prête une attention toute particulière aux jeunes déjantés, aux vieux schnocks sur le retour, aux grands dadais un rien sur la réserve, aux sirènes excessivement peinturlurées, aux experts en collisions frontales, aux tatoués en version *bad boys*, aux Gaulois réfractaires et aux mâcheurs de chewing-gums. Les alignés au cordeau, les profils trop bien fuselés et les dopées au collagène l'intéressent beaucoup moins. Il y a mille façons de se distraire et Dieu, nous dit-on, serait dans les détails... Raison de plus pour inspecter les eaux ensommeillées et procéder à des castings inédits. De but en blanc, notre physiologiste ne sait plus trop qui est qui. Aussi se repasse-t-il en boucle cette injonction de Georges Séféris l'invitant à « *chercher l'homme partout où il se trouve* » et n'hésite-t-il pas à faire sienne cette métaphore de Spinoza selon laquelle « *les individus sont semblables à des vagues qui sont les manifestations passagères de la mer* ». Cherchez l'erreur... À trop guetter la perle rare, autrement dit la créature résumant à elle seule tous les autres primates, il en vient à désespérer de ses concitoyens. Il minaude sur des détails. Il fait de ces eaux surpeuplées le grand guignol de la vie et remarque que rien ne va ici-bas. Rien qu'à voir la tristesse de l'eau, il n'y a pas photo : ceux qui nagent en rang d'oignons pourraient bien perdre toute substance. Ce phénomène épisodique serait la marque de fabrique de toute piscine prête à l'emploi. Du coup, il n'y a plus à hésiter. La physiologie mène à tout à condition d'en sortir. Il est temps pour lui de tourner casaque et de se remettre à nager, comme si de rien n'était.

Le zigoto sous la douche

Dans le style « droit au but », on ne fait pas mieux. Il est à lui seul une arme de destruction massive et ses shampouinages systématiques dissuadent toute invasion microbienne. À peine est-il sorti de l'eau que le voici sous la douche. Une fois sur place, il commence par foudroyer du regard qui le suivra de trop près, puis il se rince le torse, se frictionne le cuir chevelu, se savonnc lcs aisselles et s'arrose copieusement le dos, les épaules, la nuque, les bras et les jambes. Ce zigoto est le portrait craché de Bob l'éponge. C'est un condensé de gestes en accéléré. Un forcené de l'hygiène à tout prix. Un hyperactif dans le genre inoxydable. Une pile énergétique en pleine ébullition. Kali, la déesse indienne à huit bras, ne ferait pas mieux. Il a en plus la main baladeuse. Et c'est peu dire que de le dire. Une fois ici, une fois par là. Et vas-y que je te nettoie, et vas-y que je te rince à grandes eaux le moindre soupçon de chlore, et vas-y que je t'inspecte les dessous de bras. C'est plus fort que lui. Fréquenter des eaux si peu fréquentables le met hors de lui. Rien que d'y penser, il en frissonne d'impatience. Il en maudit le genre humain et ressort son éternel refrain sur les vertus de l'hydrothérapie.

Après plusieurs longueurs, son maillot pendouille un peu, sa peau est légèrement fripée, ses cils sont tout rabougris et ses orteils se recroquevillent sur eux-mêmes. Cette débandade nécessite soins, lotions et baumes revigorants. À lui d'agir en conséquence... Principe n° 1 : Ne pas se séparer de son nécessaire de toilette, de ses tongs et de sa sortie-de-bain. Principe n° 2 : S'agripper à l'échelle de piscine et visualiser le circuit menant à la douche la plus proche. Principe n° 3 : Jeter de rapides coups d'œil sur l'état du carrelage afin de limiter le risque de glissade. Principe n° 4 : Miser sur l'effet de surprise et ne pas hésiter à prendre la tangente en présence d'un vis-à-vis indésirable. Principe n° 5 : Fuir toute émanation locale. Principe n° 6 : Songer à prendre des notes ou à faire un *selfie* en vue d'un visionnage en ligne...

Le voilà au taquet. Le jet de la douche diffuse sa dose de chloramines tandis qu'il se trifouille le bas du ventre. On le dirait en proie à des démons nettoyeurs. Et c'est tout juste s'il n'exhibe pas ses parties intimes. Sans tarder, il se lance dans un fox-trot endiablé. On le croirait en transe, possédé par des esprits frappeurs. Ça n'en finit plus, ça n'en finira sans doute jamais. Un vrai coup de Trafalgar. Ça sent la danse de Saint-Guy. Et ça va crescendo jusqu'à la disparition des dernières bulles de savon. Le gel douche dégouline à plein tube tandis qu'il se rince encore et encore. C'est alors qu'il trépigne, qu'il s'agite, qu'il se dandine et qu'il se contorsionne. Au besoin, il fait un pas de côté, bombe le torse, s'enduit à nouveau de substances nettoyantes et en semble tout émoustillé. Après quoi, il se décide à mettre les bouchées doubles, à se frictionner avec ardeur et à prêter main-forte à quelques silhouettes esseulées. Quand la douche s'interrompt, il se retourne comme une crêpe, appuie de nouveau sur le bouton-pression et c'est reparti pour un tour...

Y'a pas à dire. C'est une vraie manie, tout ce qu'on voudra. Ça le démange de se laver et de se débarrasser une fois pour toutes des scories du lendemain. Le voici en pleine phase maniaco-dépressive. Il s'en prend à des détails insignifiants, fixe les buses de rinçage, inspecte le pommeau de douche et avec l'efficacité qu'on lui connaît, traque l'écume indésirable, les bonnets de bain égarés et les élastiques planqués aux quatre coins du receveur de douche. Parfois il voit double. Les yeux lui sortent de la tête. On croirait qu'il a la berlue. Ce n'est plus tenable. Sa peau en est toute congestionnée. Ses muscles se raidissent d'un coup. Et ses mains ne savent que faire. La douche, c'est un peu son espace vital. C'est son refuge idéal, sa clause d'exclusivité avec l'univers aquatique. Faudrait pas lui voler la vedette. Il entend bien défendre coûte que coûte son territoire. Il asperge son monde, éclabousse qui vient à sa rencontre et se transforme en geyser postillonnant. Bientôt, c'est l'évidence même. Il se liquéfie de toute part.

Il n'en est pas au stade de l'homme fontaine, mais c'est tout comme… Il renvoie balader quiconque lui dira d'arrêter. Et pour mieux dissuader les regards indiscrets, il se pose un peu là, et sous prétexte de soins intensifs, évince toute présence gênante. Silence, ça mousse… Celles et ceux qui prétendront le contraire n'ont qu'à se doucher ailleurs. Leurs serviettes de bain et autres effets personnels ont déjà subi les foudres de son inquisition savonneuse. À bon arroseur, salut !

Le cabinier

Son activité n'est plus ce qu'elle était et pourtant... les nageurs lui doivent beaucoup. Sans en avoir l'air, le cabinier (ou préposé aux effets personnels) a survécu au consumérisme saisonnier. Toujours frais et dispo, rasé de près et vêtu de blanc, il se déplace avec un petit déhanché à la Aldo Maccione. En principe, il est tout sourire. Il est aux petits soins pour les nouveaux venus. Il cst aussi discret qu'efficace car il se doit de veiller à l'intimité de chacun. À la piscine Molitor, il fait partie des meubles. À la piscine Pontoise, il note à la craie blanche si telle ou telle cabine individuelle est libre ou occupée. Jadis à la piscine Deligny il en faisait de même. Il avait même droit à un petit pourboire ou à des signes extérieurs de sympathie. Certains habitués avaient un numéro de cabine attitré. Le numéro 41 revenait à un diariste mondain prédateur de jeunesse. Les autres numéros se répartissaient entre petits et grands de ce monde.

Cet « agent en charge de l'équipement municipal » devrait être inscrit au patrimoine mondial de l'humanité. Sans lui, les cabines n'ont plus du tout la même cote de popularité. Elles sont même devenues franchement sinistres depuis que les casiers à jetons, à pièces ou à codes électroniques ont fait leur apparition. Aucune consigne, si efficace soit-elle, ne remplacera le cabinier. Celui-ci s'y connaît en objets trouvés, en chaussettes dépareillées, en lingettes attrape-poussières, en serviettes dépenaillées, en mégots dispersés à tout vent, en déjections plus que douteuses et en traces d'humidité peu recommandables. Certaines cabines relèvent parfois du mystère de la chambre jaune. On y a retrouvé sans trop savoir pourquoi d'étranges reliques, notamment des statuettes vaudoues, des drones, des nuisettes, des menottes en fourrure, des doudous, des poupées gonflables, des appareils dentaires, des exemplaires de *Playboy*, plus récemment un équipement de plongée, une pierre de bézoard, un détecteur de métaux dit « poêle à frire », un manuel de survie en milieu hostile et même une urne funéraire affublée d'un string fluo... Matin, midi et soir, le cabinier voit défiler bon nombre de silhouettes interchangeables, tous genres confondus, parfois jeunes, parfois un peu moins, réparties en trio ou en solo, au gré des conditions anticycloniques... Entre-temps, il aura eu son lot d'endeuillés, d'abandonnés de la vie, de laissés pour compte, d'ensauvagés, de pas ou peu apprivoisés, d'égarés, d'ados à retardement, de libidineux à la triste figure, d'emmaillotés de trop près, de poussifs, de velus du thorax, d'éphèbes ou de nymphettes se dorant la pilule sous un séchoir à cheveux. Avec son flegme coutumier, le cabinier nous oriente selon les disponibilités du moment. Numéro pair pour les uns. Numéro impair pour les autres. C'est à la tête du client. Ce protocole d'accueil a de quoi intriguer. Il est vrai que le cabinier est le chef opérateur de toute baignade réussie. Il a eu jadis son heure de gloire et ses mimiques sont tellement bien rodées qu'elles relèvent parfois du réflexe existentialiste. « *Toute sa conduite nous semble un jeu* [...]. *Il joue, il s'amuse. Mais à quoi joue-t-il ? Il ne faut pas l'observer longtemps pour s'en rendre compte : il joue à être* » ou à ce qu'il croit être, en aurait déduit un certain Jean-Paul Sartre. Le cabinier en fait en effet un peu trop. Sa nonchalance laisse dubitatif et sa démarche chaloupée est en soi un exercice de phénoménologie. Quoi qu'il advienne, ses pas le mènent toujours au-devant des nouveaux arrivants. Tantôt il les guette du haut de sa coursive, tantôt il les fait poireauter un peu en se terrant dans le micro-vestiaire qui lui sert de bunker. Sans être du genre énergivore, il s'y connaît en rhabillage à la va-vite et rassure mine de rien les rescapés du grand bain. Pour le reste, c'est motus et bouche cousue. On ne vous en dira pas plus. Il est – et c'est son principal atout – d'une discrétion absolue. De ce fait on lui pardonne tout, y compris de faire les yeux doux à la postérité.

Le roi du « en même temps »

Il pourrait être elle. Il n'y a pas plus ondoyant que lui et sa façon de nager, très semblable à celle des poissons caméléons, serait sensible aux ultrasons et à des phénomènes biochimiquement testés. En un sens, ce pourrait être un modèle déposé, un mix de plusieurs nages à la fois, un cocktail de réflexes contradictoires dont lui seul semble avoir la clef. Son évolution suit parfois celle de la balle de flipper, s'orientant ici avant de rebondir ailleurs. On l'a vu dans les postures les plus improbables et l'on en a déduit que ses dispositions corporelles dépendraient de son état émotionnel. Pour tout dire, il ne nage pas, il surfe sur une vague que lui seul voit venir, il ne flotte pas, il se maintient à la surface, il ne se baigne pas, il s'immerge dans une dialectique communautaire. Sur le plan politique, il n'est ni de droite ni de gauche ni même du centre auquel pourtant tout le destine. Serait-il Macron compatible ? C'est une hypothèse envisageable mais ce n'est pas une certitude absolue. Il est ce que l'on veut bien qu'il soit : crawleur, brasseur, papillonneur, dossiste, et que sais-je encore. Adepte tour à tour de la « brasse indienne », du trudgeon avec mouvements alternés des deux bras, du trot dans l'eau ou de la nage dite « du chien », de la marinière, de la nage entravée à la mode géorgienne ou du combat aquatique en version suijutsu. À moins qu'il ne soit « hors catégorie » puisque son maintien à la surface de l'eau correspondrait à celui de ses voisins.

Deux pas en avant, trois pas en arrière, ainsi pourrait se résumer le comportement de cette girouette flottante qui passe, sans coup férir, de la verticale à l'horizontale, de l'action à l'inaction, de la coulée ventrale à la coulée dorsale, de l'alignement au redressement du corps, de la coordination des bras et des jambes à la désynchronisation la plus totale. Dans ces conditions, impossible d'entamer un cycle complet de nage. « *L'action d'après ne ressemble jamais à celle d'avant* », aime à dire ce fin stratège qui brille par son incapacité à choisir. S'ensuivent plusieurs mouvements en un. Étirements actifs ou passifs, élans symétriques ou asymétriques, doubles ou simples pivotements d'avant en arrière et vice versa... Toute action a sa contre-action. Ce qui explique cette façon d'évoluer dans l'eau en faisant tout autre chose. Un léger basculement de tête et le roi du « en même temps » formule haut et fort les problématiques qui le taraudent et s'imagine à deux doigts du mirage gravitationnel. Comme rien de ce qui surnage ne lui est étranger, son œil est aimanté par tout ce qu'il voit et garde en mémoire un impressionnant échantillonnage de mimiques faciales. C'est plus fort que lui et certains en déduisent qu'il serait frappé d'hypermnésie. Rassurez-vous... Il a seulement le geste ambivalent, le revirement facile, l'hésitation fréquente, la paupière aguicheuse, la main molle et parfois un peu moite, les traits inexpressifs et le sourire de façade. Très souvent même il nage en lui-même. Il contourne toute frontalité et se surprend à faire l'inverse de ce qu'il prétend faire. Vous croyez qu'il s'avance et il bat en retraite. Vous pensez le connaître et il se montre sous un tout autre jour. Vous songez à lui parler et il se referme comme une huître. Vous espérez un peu de sympathie de sa part et il se contente de souffler le chaud et le froid. Il se voudrait limpide, aussi transparent que possible et il se complaît dans un comportement inclusif résolument ambigu. Il prétend cultiver la simultanéité, il ne fait que juxtaposer des petits bouts de gestes. Le yin et le yang agissant de façon concomitante, il se réfère au *Livre des mutations* et pense s'appuyer sur un vide médian qui donnerait un peu de sens à ses tergiversations. Il nage ainsi sans vraiment nager et prétend pratiquer la plongée en apnée sans immerger l'intégralité de son corps. En définitive, il triche un peu, il ne s'engage pas, il se situe dans un épicentre qui change d'un instant à l'autre et des rumeurs malveillantes assurent que sa nage serait un festival d'actes manqués. Tout bien considéré, le roi du « en même temps » pourrait être le maître du « moi aussi », du « pourquoi pas » et de toute autre formulation vaseuse. Seule peut-être une analyse biomécanique serait en mesure de démontrer qu'il passe volontiers de la posture à l'imposture, mais lui-même serait bien incapable de trancher sur la question. Comme il ne peut se résoudre à ne faire qu'une seule chose à la fois, l'alternance est pour lui le seul compromis possible. Mais, le plaisir de se baigner réserve parfois quelques surprises et ne nous fions pas trop à l'aspect théorique de la chose. On découvrira bientôt que la pratique du « en même temps » n'est pas sans contre-indications et qu'il n'y a pas pire alibi que de regrouper deux actions dissemblables sous une même étiquette. On ne peut pas nager éternellement entre deux eaux. Quant aux gestes semés à tout vent, ils ne manquent jamais de se retourner contre leurs auteurs. Ce retour à l'envoyeur ne semble pas dissuader le principal intéressé d'un certain flou artistique. Pas facile de voir clair dans son jeu. Un décodeur serait en cours de fabrication et il est probable qu'après maintes hypothèses d'école, le roi du « en même temps » ait à répondre de ses volte-face successives. À moins qu'avec l'aplomb qui le caractérise, il ne s'invente un satisfecit justifiant son maintien à la surface de l'eau. On risque alors de le croire changé en statue de sel et rattrapé par l'ombre de Janus, ce dieu romain aux deux visages qui se prit un temps pour le maître des horloges avant d'user et d'abuser des conjonctions de coordination...

Le Swumanoïd

Pour une surprise, c'en est une. Cette créature est en soi une prouesse technologique. On l'a croisée en Aquarêverie. On la reverra dans un parc d'attractions aquatique, dans les eaux pixélisées d'un aquarium géant ou sur une vague artificielle déferlant à vive allure sur n'importe quel apprenti surfeur. Son ossature bionique en ferait un athlète hors-norme capable de reproduire à l'infini et à la perfection chaque mouvement de brasse, de dos crawlé ou de papillon. Avant toute mise en exergue, disons que cette contrefaçon réussit vraiment à bluffer son monde. Ses inventeurs seraient d'origine nippone et seraient toujours en quête de la nage idéale. Ça vous laisse songeur, moi aussi... Et pourtant, c'est dans la logique des choses. Les humanoïdes en cours de fabrication auront un jour ou l'autre un droit de regard sur notre destinée et pourront même contribuer aux sauvetages en mer. Il n'y a pas à s'en étonner. Quand ils ne se prennent pas pour Dieu le père, les neurones préfabriqués croient avoir réponse à tout, mais revenons à notre Swumanoïd...

Cet androïde aurait fait ses premiers pas dans un bureau d'études spécialisé en hydrodynamisme et en recherche psychomotrice. Son sport favori ? Nager de plus en plus vite et de mieux en mieux afin de repêcher tout corps à la dérive. En des temps fort lointains, seul le dauphin était habilité à jouer les « frères marins ». Dans les années qui viennent, ce sera à notre Swumanoïd de passer à l'action ou du moins d'assurer, 24 heures sur 24, ces opérations commando. Sur la balance, il ne pèse pas bien lourd. Sa carrure est de taille moyenne et ses proportions n'excèdent pas la moitié d'un corps humain. En revanche, ses muscles sont assez costauds. Ils sont en acrylonitrile butadiène styrène, matière ultrarésistante et extensible à l'infini. Sa silhouette a été dessinée sur écran d'après un prototype tridimensionnel avant de prendre le relief que l'on sait via une imprimante 3D. Enfin, ses articulations s'animent grâce à une douzaine de moteurs étanches reproduisant les mouvements les plus complexes.

À ce jour, ce baigneur robotisé serait piloté à distance, ce qui le hisserait parmi les nageurs de compétition. Il n'empêche que les aquarêveurs de tous bords ne tarissent pas d'éloges à son sujet. Jules Verne, nous dit-on, n'aurait pas imaginé mieux. Mary Shelley aurait été éberluée par sa forme olympique et plus d'un amateur de science-fiction lui envierait son rendement énergétique. Seul, son géniteur présumé, un certain Motomu Nakashima semble envisager le pire. Son épine dorsale nécessiterait quelques raccommodements, ses réflexes ne sont pas forcément raccords et sa tenue de route manquerait d'autonomie. Au vu de ces points faibles, une greffe de peau de poisson serait la bienvenue et lui permettrait de se faufiler incognito vers les nageurs en détresse. Même au feeling, ce gymno-robot sera capable sous peu de détecter, voire d'anticiper, les cas de pollution. Rivières et fleuves s'en réjouissent. Mers et océans ont hâte de le voir passer à l'action. Et les autres plans d'eau – lacs, mares ou étangs – se préparent à sa venue. Notre Swumanoïd affiche quant à lui une préférence pour l'expérimental, la réalité augmentée et la téléportation dans une autre dimension. Sa vitesse moyenne est de six mètres par seconde, ses avancées suivent une chorégraphie parfaite et sa durée d'immersion dans l'eau est sans précédent. Devant de telles perspectives, les points de suspension commencent à s'agiter et les notes en bas de page s'activent sérieusement.

Sur le plan sportif, notre Swumanoïd n'est jamais à court d'accélération. En version sous-marine, ses scores sont inégalables et son dos crawlé serait si parfait qu'il dame le pion à plus d'un nageur de grand chemin. « *Qui sait copier, sait faire* » disait jadis Léonard de Vinci. Notre « modèle de simulation humaine en natation » semble l'avoir bien compris. Aussi reproduit-il la nage humaine à la perfection et se propulse-t-il inlassablement dans le sillage des poissons flâneurs. Seulement voilà, en dépit de ses exploits, il y a maldonne. Ses échauffements en laboratoire ne l'ont pas rendu autonome. Il a beau se dandiner à la manière des dauphins et avoir le coup de pied marin, des électrodes l'épient en permanence, des drones télécommandés le géolocalisent en douce et ses déplacements sont immédiatement repérés sur écran.

Au fond, ce n'est pas compliqué à comprendre. Au jeu de la tête et des jambes, le Swumanoïd est souvent donné gagnant. D'ici une quinzaine d'années, il pourra sauver les corps perdus sans laisser d'adresses et plonger dans des profondeurs inatteignables jusqu'alors. Avec un peu de chance, on le verra évoluer sous plusieurs épaisseurs de glace, s'aventurer au fin fond de l'Arctique, débroussailler des labyrinthes aquatiques et exhumer des vestiges géologiques sous d'anciens récifs continentaux. Tout un programme qui fera de lui la cible attitrée du tourisme de masse et de tous ceux qui se contentent du seul spectacle de leur vie. Mais ce nageur accompli mérite bien mieux qu'un semblant d'existence. Lorsqu'il quittera la catégorie humanoïde, il rejoindra le club des aquarêveurs et donnera un léger coup de pouce aux utopies à venir. En sera-t-il changé ? Se souviendra-t-il de ces quelques secondes où l'espace-temps s'ouvre à l'inattendu ? Ou poursuivra-t-il à l'infini ses séances de repêchage ? Nul ne le sait. Pour le moment, il est toujours en période d'essai et ne tient pas à déroger à la règle. Dans l'attente d'un cartilage de conjugaison, il n'est somme toute que la doublure d'un athlète virtuel. Et c'est déjà bien beau... Il suffit en effet d'un simple déclic pour que son corps de substitution puisse se révéler autre. Alors laissons-le se livrer sous nos yeux à l'ironie du sport et s'adonner au seul bonheur de vivre. Au fil de l'eau, de nouveaux horizons pourraient bien se présenter à lui et le conduire vers le Nirvana de l'intelligence aquatique.

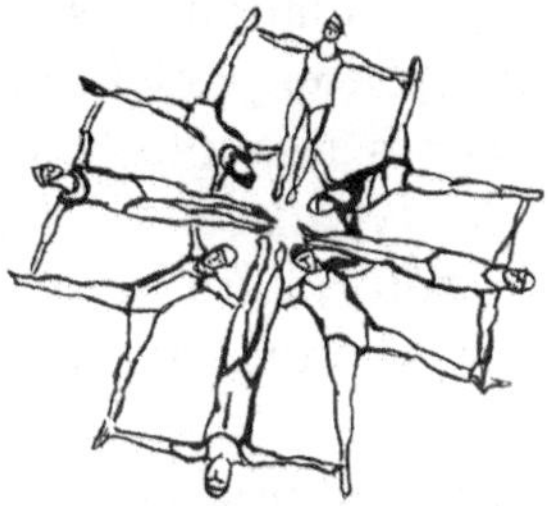

Vous avez dit synchro ?

Elles sont deux, trois, quatre ou cinq. Peu importe. Elles opèrent en tandem, en trio, en quartet, en quinconce ou en sextuor, face-à-face, dos-à-dos, face-à-dos ou côte à côte. Quels que soient le jour et l'heure choisis, lundi, mardi, mercredi, jeudi, vendredi, samedi ou dimanche, elles ne nagent jamais seules. Elles ont la phobie de la brasse mémère et des interminables longueurs en mode automatique. Elles n'aiment que les ondes festives, les face-à-face en apesanteur toutes paillettes dehors, sous un tonnerre d'applaudissement. Elles ne consentent à boire la tasse qu'au son d'un hydrotango, d'une aquazumba, d'un ballet hip-hop ou d'une salsa. Elles ont le réflexe musical et la parade chevillée au corps. C'est plus fort qu'elles, plus fort que tout. Elles ne se baignent pas en solo. Elles ne se satisfont pas de la routine javellisée. Il leur faut triompher de la difficulté avant d'atteindre le summum de l'extase en eau tiède. Alors elles collectionnent les plongeons en apnée, les propulsions franco de port, les minauderies acrobatiques, les transitions inaugurales, les déhanchés érotico-parlants, les rétropédalages ascensionnels et les plans-séquences chronométrés à la gesticulation près. Elles sont parfois un peu gênées aux entournures par leur maillot taille mannequin, les échauffements assouplissants et le côté répétitif de leurs exercices de style. À cette date, elles sont toujours à la recherche d'un tutoriel d'affinités aquatiques qui les mettrait *de facto* sur la bonne longueur d'onde.

On dit qu'elles inspirent profondément avant de mettre en pratique la poussée d'Archimède. Leur immersion en eau électrolysée s'effectue en tir groupé et nécessite un corps de ballet parfaitement coordonné. Leurs enchaînements doivent impérativement faire illusion et se dérouler comme sur la terre ferme. Une performance en soi puisqu'il leur est en principe interdit de toucher le fond de la piscine, de s'appuyer sur le bord du bassin et de recourir à la moindre aire de stationnement. D'après Google Maps, leur périmètre d'intervention se situerait en zone périurbaine, non loin d'un bar un peu vieillot, d'un fripier baba cool, d'une auto-école en cessation de bail et d'un cinéma d'art et d'essai. Leur staff technique serait composé d'au moins deux voltigeuses émérites, d'une coach au geste éloquent, d'une remplaçante résolue à tout, d'une intrigante experte en embrouilles, d'une novice en la matière et d'une chorégraphe assez balèze. Sur le plan de la tenue, il n'y a rien à redire. Leur maillot est adapté à leur liberté d'action. Le succès aidant, il tend à se customiser, à se barioler et à scintiller différemment selon les circonstances. Il sera rose saumon, orange sanguine, vert bouteille ou bleu de chauffe en période d'entraînement, lamé noir et or les jours d'exhibition, et même transparent certains jours ouvrables. Les tatouages et autres décalcomanies corporelles sont bien évidemment à proscrire. Enfin le port du bonnet ne s'impose pas en public. Le jour indiqué, il sera remplacé par un vrai faux chignon gélatiné au pinceau. Le pince-nez, lui, est obligatoire pour toute pirouette la tête en bas, afin de préserver les sinus d'un éventuel dégât des eaux. La collision entre deux nageuses n'étant pas exclue, la moindre retombée sera envisagée sous différents angles, angle droit, angle mort ou à l'oblique. Pour une symétrie parfaite, on aurait même calculé le taux d'incidence de tout mouvement hâtif et l'on appliquerait la loi des probabilités à quelques ratés du genre.

Pour le maquillage (de préférence *waterproof*), les consignes sont très claires. Libre à celles qui en ont envie, de se crayonner et se badigeonner le museau avec des fards indifférents au chlore. Il est même permis d'avoir la main lourde et de recourir à de gros crayons crémeux, à des mascaras ultranoirs, à des rouges à lèvres indélébiles et à des anticernes riches en huiles volatiles qui doperaient les peaux desséchées. Quant aux faux cils, ils sont largement recommandés à condition toutefois d'être bien fournis et de supporter dans la foulée strass, paillettes et poudres de diamant.

Comme le *Kamasutra*, la nage artistique n'est jamais à court d'arguments sur les commodités de telle ou telle position. Ses figures de style durent entre deux et cinq minutes selon l'âge, la difficulté de l'épreuve et le registre sollicité. Ses adeptes peuvent opter pour un déplacement ventral ou dorsal, tendre leurs jambes perpendiculairement ou parallèlement à la surface de l'eau, se diriger d'avant en arrière (et inversement), procéder à d'improbables grands écarts et se cambrer jusqu'à ce que leurs vertèbres fassent vraiment le dos rond. Tête en bas ou tête en haut, elles décomposent leurs mouvements en gestes bien étudiés et calquent leur élan sur celui de leurs partenaires. Celles-ci les suivent comme leur ombre avant d'opérer une descente en flèche ou d'exécuter sous leurs yeux quelques sauts périlleux. Tel est l'enjeu de la nage dite « synchro ». Il n'y a pas de geste qui ne soit sans suite. Pas de plongeon improvisé. Pas d'avancée qui ne soit pensée. De l'allongement du bras au soulèvement de la main, de la flexion du coude à l'abduction de l'épaule, l'enchaînement se doit d'être sans à-coup. Tête sous l'eau, pieds en l'air, galipettes et pirouettes se succèdent sans le moindre bobo. Tout se déroule dans une réelle concordance des temps et tout démontre qu'un acte naît des actes qui l'ont précédé. Même l'eau n'en revient pas de ce jeu de reflets et trépide de joie à l'idée de se transformer en miroir. Mais l'art commence là où le mimétisme s'arrête et les forcenées de la synchro en ont parfaitement conscience. En compétition, elles sortent le grand jeu, œillades écarquillées, effeuillages discrets et sourires éclatants. Leur apnée se veut active, ce qui ne leur laisse pas vraiment le temps de souffler. Parfois leurs gosiers émettent de drôles de bruits puisqu'elles passent plus de la moitié du temps sous l'eau. Niveau cardio, ce n'est pas la panacée. Leur cœur bat à tout rompre tandis que leur corps de sirène joue les monte-en-l'air. Plus le ballet s'accélère, plus l'effort s'intensifie et moins leurs poumons ont leur dose d'oxygène. Impossible pour elles de battre en retraite, de se dissocier, de quelque manière que ce soit, de leurs coéquipières, d'appuyer sur le bouton pause ou de retourner en bordure de bassin sous peine de pénalité. Une caméra sous-marine épie en permanence les dessous de l'exploit. Sous le regard impassible des « évaluateurs officiels », ballets libres ou combinés auront ainsi droit à leur quart d'heure de gloire, soit à une synchro d'or ou d'argent, que valideront quelques disciples du deux poids deux mesures et quelques puristes pour le moins gratouilleux.

D'une façon ou d'une autre, le plaisir de nager est le même. Les reines de la synchro doivent maîtriser au moins deux grands écarts sur trois, avoir la gambette alerte, la frimousse mutine et la cabriole facile. Leurs tenues annoncent l'objectif à atteindre : maillot noir et bonnet blanc en cas de figures imposées ; maillot sexy et décolleté plus prometteur pour les figures libres. On dit que leurs mimiques seraient une façade et qu'il n'y aurait rien derrière. Que l'info (ou l'intox) nous serve de leçon. Ce qui est sûr c'est que ces brochettes de naïades prolongent même hors compétition leurs parties de jambes en l'air. On en a vu à Minneapolis de très subversives qui se jouaient des regards en coin en recrutant des indices de masse corporelle très au-dessus de la moyenne, mais aussi des morphologies ne correspondant pas à leur état civil, queers ou altersexuelles n'adhérant pas à la vision binaire des genres. Leur fan-club n'est guère homogène et se composerait, à ce que l'on dit, d'hommes poissons, de femmes écrevisses et de papas poules rejouant les plans-séquences du *Grand Bain*.

En synchro, il y en a pour tous les goûts. C'est là tout l'intérêt de l'affaire. On peut se regrouper sans pour autant appeler à la convergence des luttes et se déployer tel un filet de pêcheur sur des flots pas si limpides que ça. On peut être tributaire des uns ou des autres sans pratiquer le suivisme systématique. Et l'on peut être soi-même tout en faisant preuve d'adaptation et de souplesse. En résumé, synchro ne signifie pas nivellement dans l'eau. Ce n'est pas non plus le monopole de l'instinct grégaire. Quelques singularités osent s'y aventurer et sont bien décidées à défendre leur pré carré. À défaut de trombinoscope, elles s'apprêtent même à donner le change à ce gang de sirènes qui exposent leur serre-tête brillantissime sous le feu des projecteurs avant de se succéder en file indienne dans la moiteur des après-shampoings.

L'agent de qualité des eaux

Nous y voilà ! Toute belle histoire a une fin. En piscine, une étrange vigie s'y consacre. Il s'agit de l'agent de qualité des eaux. C'est un employé pas totalement comme un autre, un invité de la première heure qui ne paye pas de mine et qui se positionne inévitablement en bordure de bassin. On le dit très affairé et l'on peine parfois à le suivre. Il est aux petits soins pour la température de l'eau et pour toute tuyauterie défaillante qu'il nettoie deux à trois fois par semaine. Ces données figurent sur la tablette qui lui sert de journal de bord. Il y note, à heure fixe, soit à 8, 11, 14 et 18 heures, le taux de fréquentation des ondes municipales. Il y précise le niveau des manomètres, la quantité des produits alcalins injectés et les prélèvements effectués à l'aide d'une seringue de laboratoire. La salubrité des eaux de baignades dépend de son bon vouloir. Un faux bond de sa part et c'en est terminé des substances désinfectantes. L'hygrométrie en est toute bouleversifiée et les risques encourus sont revus à la hausse. L'hygiène laisse désormais à désirer et l'on ne sait plus qui, de l'ozone ou du chlore, sera le plus efficace. Le chef de bassin n'a pas l'air de s'en inquiéter et son flair légendaire donnera lieu, à plus ou moins brèves échéances, à différents paramétrages.

L'agent de qualité des eaux se trouve toujours des boucs émissaires parmi le menu fretin de la faune microbienne. Quand le chlore est inopérant, il fait appel au bromure de sodium : un exterminateur hors pair de substances pathogènes. Mais l'action bactériologique des uns contredit celle des autres et d'enquête en contre-enquêtes, les recommandations sanitaires sont loin d'être unanimes. Si aucun halo de couleur ne signale l'incontinence de certains sans-gêne, on peut tout de même noter quelques effets indésirables : le carrelage sent franchement le moisi, la fosse à plongeons regorge de crasse, le pédiluve et son excédent de bactéries risquent de compromettre la salubrité ambiante. En définitive, aucune piscine n'échappe à la déroute microbienne et l'action détergente ne résout pas tout.

C'est désormais clair comme de l'eau de roche et notre Monsieur Propre est prêt à jeter ses états d'âme avec l'eau du bain. Il a d'ailleurs de quoi faire. Le bassin dont il s'occupe est un nid d'infections. On y recense des germes résistant au chlore, des bacilles mal intentionnés, des staphylocoques en sursis et des légionelles (*cryptospridium, papillomavirus* ou *pseudomonas*) provoquant dans l'instant qui suit otites, allergies et inconforts intestinaux. Ce bouillon de culture qui sert aussi de réservoir à virus présenterait en outre un intérêt muséologique. On y trouve la fine fleur de la bactériologie spontanée, soit bon nombre de cellules en gestation qui seront un jour amenées à se multiplier. D'après de très sérieuses études, la colonisation des eaux de surfaces serait en pleine expansion. Seules des ondes récemment traitées oseraient se montrer sous un meilleur jour. C'est du moins ce qu'espère notre détecteur de microbes. Le voici qui inspecte avec soin les zones suspectes, principalement les couloirs de nage et les rigoles encrassées avant de vérifier les thermostats, réguler la ventilation des lieux et pulvériser en conséquence tout microbe récalcitrant. Qui sait ce qu'il adviendra de cette guérilla interne... L'agent de qualité des eaux n'en restera probablement pas là... Quoi qu'il fasse, il y a toujours un os. En l'occurrence quelques intrus qui tôt ou tard le feront tourner en bourrique.

De toute évidence, ce cocktail microbien sert de pataugeoire à qui de droit. Notre expert en faune locale n'en perd pas une miette et semble se méfier de l'inconséquence notoire du phénomène H_2O. L'association de particules supposées élémentaires peut en effet provoquer de gigaaccidents. C'est qu'on appelle « l'effet domino ». D'autres diront qu'il suffit d'un battement d'ailes de papillon pour déclencher une tornade. À chacun sa vision des choses... Ainsi le veut la condition aquatique... Malgré des mesures drastiques, les inhibiteurs de bactéries ne produisent pas toujours le résultat escompté. Quant aux germes en sommeil, ils attendent patiemment leur heure en hivernant sous un plongeoir inoccupé ou sous une fine couche de calcaire.

À intervalles réguliers, l'agent de qualité des eaux poursuit son relevé des compteurs et s'informe, sept jours sur sept, du taux d'alcalinité via une application réagissant au moindre sursaut de température. Cela lui laisse le temps d'interférer sur les liaisons plus ou moins dangereuses entre le sel, l'oxygène actif et les ultraviolets. Les semaines passant, son champ d'observation se réduit. Ses voyants sont au rouge. Difficile de discerner quoi que ce soit dans toute cette mélasse. Même après un bref relooking, les lignes de flottaison ne sont plus aussi pimpantes et la saleté reprend immédiatement du poil de la bête. Impossible de faire place nette. S'ensuit une prolifération de virus plus ou moins mitoyens, de parasitoses et de sécrétions qui feraient le régal des collapsologues. Seul ce fin limier semble s'y retrouver. Ses sujets d'étude empestent l'amertume, mais il n'envisage même pas de vivre dans une atmosphère moins frelatée. Du contenu au contenant, il n'y a pas l'ombre d'un doute et d'irréductibles champignons sont déjà sur le pied de guerre. Face à une telle gabegie, les normes sanitaires revoient leurs exigences à la hausse et filtrent les substances nocives avec des accessoires autonettoyants. Ce n'est pas la panacée, mais cela préserverait les usagers en cause d'un lessivage à plus vaste échelle... Ne dit-on pas qu'il n'est pire eau que l'eau qui dort ?

Le nageur déconfiné

Dès que ce fut officiel, il a rué dans les brancards. Cela faisait plusieurs semaines qu'il attendait, qu'il végétait dans sa couveuse des quais de Seine, qu'il s'impatientait sérieux et qu'il mélancolisait sec. Le confinement n'avait que trop duré. Cette vie sous cloche ne lui convenait pas. Ce sursis entre deux étages sentait la bérézina, la débandade assurée. La situation devenait ubucsque. Il en perdait sa masse musculaire, son envie d'en découdre, son aspiration au combat. Il commençait à se ratatiner, à se fossiliser, à se rouiller, à flotter dans ses vêtements, à fermenter un peu et même beaucoup sur son canapé réversible, à se morfondre dans de pesantes problématiques et à prendre une teinte qui faisait peur à voir. Il en avait les yeux tristes et les verres de lunettes tout embués de regrets. Son humeur était à fleur de peau et son état de prostration finissait par atteindre ses défenses immunitaires. Il se dépiautait. Il divaguait, et plus il divaguait, moins ça s'arrangeait. Il vivait volets fermés et frigo ouvert. Il se goinfrait de substances déshydratées. Il se nourrissait mal et buvait trop. Et quand il reprenait ses esprits c'était à coups de Coca light ou de vodka-orange. Sinon il s'étiolait. Il se rabougrissait. Il se dissolvait dans ses actes manqués. Il se repassait en boucle ses déboires conjugaux. Sa doudoune matelassée n'avait plus le soyeux de naguère. Ses pulls s'effilochaient par endroits. Leurs mailles asymétriques accusaient un sacré coup de vieux. Pareil pour sa sono qui embrayait à toute heure des tubes des années quatre-vingt. Cette musique répétitive lui rappelait le bon vieux temps de sa jeunesse. Il ne semblait même pas paniqué à l'idée de vieillir. Il s'en fichait allégrement. Il n'était plus pétri d'idéal. Il n'avait plus rien du jeune espoir masculin que l'on avait connu. Il en paraissait voûté, usé avant l'âge, toujours en attente du Lexomil réparateur. S'il n'avait pas contracté le virus tant redouté, il était en revanche atteint d'un drôle de syndrome. Il n'était plus sûr de vivre ce qu'il vivait. Il doutait systématiquement de tout. Il passait un temps fou à vérifier ce qui pouvait l'être, à inspecter toute surface suspecte, puis à traquer d'un air préoccupé les moutons de poussière qui envahissaient sa chambre. Cette fébrilité frôlait la paranoïa. Tout imprévu le plongeait dans une profonde perplexité. L'absorption de tisanes assoupissantes ou de potages minutes ne le calmait en rien. Il était constamment sur le qui-vive et sa tension équivalait celle d'une grenade dégoupillée. Sous peu, c'était certain, son arythmie lui jouerait des tours et sa carlingue s'écroulerait tel un château de cartes… Il avait le muscle amnésique, les cernes agrandis par des nuits sans sommeil et les joues froissées par une barbe de plusieurs jours. Il fallait donc remédier au plus vite à cette situation. Un redémarrage s'imposait. L'élasticité de son corps lui manquait et pas qu'un peu…

Dedans comme dehors, la situation était hors contrôle. Il en avait assez des masques à usage unique, des gels hydro-alcooliques, des sondages où les raccourcis s'exposent sans filtre, des applaudissements à heure fixe, des infos en boucle disant tout et son contraire et des statistiques en montagnes russes annonçant la veille ce qui serait démenti le lendemain. Il avait fait le tour du corps médical, des toujours prêts à commenter ou à diagnostiquer le pire. Il ne savait que faire des recommandations sanitaires et des plans antibactériens. Les pour ou contre l'hydroxy-machin-chose ne le convainquaient guère. Le sursis sur ordonnance ne l'attirait pas davantage. Et l'exode urbain que l'on annonçait déjà ne le tentait pas plus. La chlorophylle l'indifférait. Le vert lui fichait le bourdon. Le *statu quo* en mode rural, l'humidité des petits matins gris, la gadoue version basse-cour, le syndrome « petite maison dans la prairie » et le fantasme « belle des champs », très peu pour lui. Même ses lectures s'en ressentaient. Il lui fallait du bitume et du macadam, de l'anonymat, bref son content d'embouteillages et de gaz carbonique. Il avait surmonté l'inertie imposée en lisant Paul Auster et en suivant les exercices de lévitation de *Mr Vertigo*. Il avait embrayé sur *La Musique du hasard*, *L'Invention de la solitude*, *La Cité de verre*, *Les Revenants* et *La Chambre dérobée*. Puis il était revenu à d'autres textes moins métaphysiques et s'en était tenu aux considérations toutes relatives des tabloïds en ligne.

Difficile de voir le bout de ce confinement à rallonges. Pour patienter un peu, il avait songé à relire un roman de circonstance : *Le Mur invisible* de Marlen Haushofer. Le livre se présentait sous forme d'un journal de bord post-apocalyptique. Sa narratrice se retrouvait coupée du monde après une catastrophe planétaire. Une cloison de verre la séparait du reste de l'humanité. Pour cette unique rescapée, les bruits du dehors n'étaient plus qu'un concept sous vide, un vague souvenir dont personne ne pouvait plus témoigner. Même à cent kilomètres à la ronde, il n'y avait pas âme qui vive et seule cette frontière invisible pouvait encore attester de l'existence du monde d'avant. Cet isolement involontaire n'était pas sans rappeler sa réclusion présente. Il y vit là un signe et refusa dès lors de se réfugier derrière le double vitrage de sa bonne conscience. En dépit de ces mesures restrictives, sa liberté de pensée serait sauve et l'ambiance anxiogène diffusée par les chaînes d'info ne devait pas dépasser la dose prescrite. Quitte à se passer de ses semblables, autant le faire en toute sérénité. Il décida donc d'en finir avec cette dramatisation à outrance et considéra sa propre finalité d'un point de vue différent. Il y eut un léger mieux. Sa méfiance quasi épidermique ne le faisait plus clignoter de l'œil droit et lever du pied gauche et ses sourcils ne se fronçaient plus à tout bout de champ. Son confinement suivait son cours et sa capacité de résilience – autre notion fourre-tout dont on lui rebattait les oreilles – ne demandait qu'à être mise à l'épreuve.

Pour achever ce tableau pas toujours idyllique, il se crut victime de sensations fantômes et d'un trop-plein de réflexes dissuasifs. Dans sa tête de surconfiné, ça carburait trop, ça tournait à l'hypermnésie et ça se concluait en surconsommations expliquées. Après la ruée sur le papier toilette, venait la fringale des gants en plastique et des denrées de première nécessité. Tout un vivier de nourritures terrestres tapissait les murs de sa cuisine. Il ne savait plus trop quelle recette inventer pour émoustiller ses papilles et faisait mijoter à feu doux ses trouvailles gustatives. Vu l'état de ses conserves finissantes, il se dit qu'il n'était tout de même pas prêt à tout gober ni à ingérer des ingrédients problématiques. Même dilemme pour les mots d'ordre répétitif – du style « *tester-tracer-isoler-vacciner* » – qui fleurissaient sur son Smartphone. L'évitisme ne résolvait pas tout et la phobie – fût-elle d'obédience mondiale – ne ferait pas de lui un hikikomori[4]. Il n'avait donc pas téléchargé le logiciel retraçant le peu qui lui restait de relations sociales et n'avait pas relayé ces données alarmistes à ses proches. La peur était mauvaise conseillère et il ne se voyait pas céder si vite aux théories anxiogènes. Le confinement, lui assurait-on, était un moindre mal, une digue provisoire entre soi et cet autre porteur d'un mal indéterminé. Une rétention de masse sans autre préavis que les indicateurs hospitaliers. L'ère du « sans contact » était née. Le *click and*

4. Terme japonais désignant des individus vivant cloîtrés dans leur chambre.

collect avait pignon sur rue. Les heures passées dans les transports en commun disparaissaient comme par enchantement dans la lumière bleue des écrans matinaux et le télétravail, plus ou moins consenti, se recyclait en visioconférence d'appoint. Chacun vivotait dans son coin et se débrouillait comme il pouvait avec le grand nettoyage de printemps. Chacun se démenait dans sa tanière telle une souris de laboratoire et chacun redoutait de ne pas sortir indemne de l'antichambre de l'ennui.

Le grand show médico-médiatique était sûr de son fait : les voies de l'industrie pharmaceutique étaient impénétrables et même les algorithmes les plus futés n'osaient se prononcer sur d'éventuels stress post-traumatiques. La « toile cirée de l'habitude » avait la peau dure et nul n'y pouvait rien changer. La loi du « tout ou rien » cédait aux sirènes de « quoi qu'il en coûte » et la grève généralisée s'était substituée à des quarantaines plus ciblées. *In fine,* cela se traduisait par un *no man's land* absolu. Un immobilisme forcé propice aux torticolis et aux coinçages de dos. Cet horizon (qui n'en était pas un) était dans le collimateur des marabouts télégéniques. Le grand jury cathodique s'était prononcé sur la question. Plus de sorties entre amis, plus de soirées apéro, plus qu'un chacun chez soi sans mode d'emploi. Hors les murs, les files d'attente faisaient trottoir et les covido-sceptiques s'en prenaient aux covidomaniaques. Masques aléatoires pour les fumeurs, les vapoteurs et les objecteurs de conscience. Masques homologués pour les moins rétifs à la grand-messe du 20 heures et masques en plexiglass pour les inconditionnels du sourire à l'ancienne. Pendant ce temps-là, les rats proliféraient à Paris. En sous-sol, c'était la guerre des tranchées. En surface, ça commençait dès le couvre-feu. Les aléas de la maréchaussée les obligeaient à jouer les croque-mitaines puis à saluer le zouave du pont de l'Alma avant de s'expatrier vers le Champ de Mars et de festoyer en toute impunité entre deux trottinettes à touristes. Le concerto des ambulances stimulait une libido qu'ils affichaient au grand jour et quelques rongeurs enturbannés de Sopalin avaient profité de la fermeture des boîtes de nuit pour envahir l'asphalte jonché de déchets. Devant un tel spectacle, notre confiné malgré lui remit la relecture de *La Peste* de Camus à plus tard. Même sous forme homéopathique, la pandémie ne passerait pas par lui. Pendant la trêve estivale, il s'était détendu, comme on le faisait depuis la plus haute Antiquité. Il n'avait pu s'empêcher de bécoter qui lui plaisait et avait constaté que le pourcentage des contaminations avérées était très en deçà du pic des données statistiques. À la rentrée, il s'était rapatrié fissa en région parisienne et sur ces entrefaites s'était reconfiné sans trop y croire dans son F2 de la rive gauche. Les organigrammes prédisant la réclusion à perpétuité, les prêchi-prêcha à la mords-moi-le-nœud et autres prescriptions à éclipses étaient de minces consolations. Bref, les hostilités ne faisaient que commencer et il lui fallait sortir de cette souricière. Aussi, quand avait résonné le clap de fin, il n'avait pas hésité une seconde. Direction : la piscine. Restait à savoir laquelle...

Paris et la petite couronne n'étant plus en zone d'alerte maximale, il pouvait macérer dans n'importe quel réservoir municipal. Son instinct le dirigea vers la piscine la plus avenante. Celle-ci était un bassin mobile de taille moyenne, une sorte de mobil-home urbain avec de l'aluminium et de l'inox dispatchés tout autour. L'ensemble ressemblait à une station spatiale avec des modules en bungalows préfabriqués, une structure légère, un chapiteau escamotable et des hublots en version amphibie. Cela lui parut correspondre à sa nouvelle vie. Nul ne pourrait contrecarrer ses plans. Son déconfinement se déroulerait ainsi sous les auspices du « provisoire qui dure » dans un dispositif entièrement démontable. Il lut les recommandations d'usage sur une affichette préfectorale. Impossible d'échapper à la désinfection des mains ni au sens de circulation indiqué par des marquages de distanciation. Même impératif pour le port du masque qui restait obligatoire en salle de déchaussage comme en cabine de déshabillage. Autre formalité : un casier sur deux était libre d'accès et les sèche-cheveux demeuraient hors d'atteinte. Interdiction de s'asseoir en bordure de bassin et de poser ses affaires sur les caillebotis amortisseur de bruits. À la suite de quoi, il lui était conseillé de réserver son créneau horaire en tenant compte de la pause méridienne et du nettoyage intensif qui précèderait ou suivrait son passage à l'acte.

En de telles circonstances, difficile d'aller de l'avant, mais notre nageur déconfiné appartenait désormais à la génération du couvre-feu. Ce n'était pas un perdreau de l'année et il était bien décidé à braver toute sommation médicalement assistée. Il gagna ses pénates aquatiques au pas de charge et se dévêtit aussi vite que possible de ses oripeaux du moment (sweat à capuche, débardeur noir, jean bleu nuit, slip moutarde, mocassins à pompons et chaussettes pour doigts de pied en éventail). Une fois sorti de sa cabine, l'arsenal préventif se déployait à tout va. Sans être fortiche en calcul mental, il constata que la signalétique au sol était imparable et qu'il devait impérativement emprunter différentes bifurcations afin de réduire toute promiscuité compromettante. Il n'y avait pas de risque zéro, mais en période pré ou post-pandémique, on ne badinait pas avec le protocole. On appliquait *stricto sensu* la bonne parole des commentateurs hospitaliers et les asymptomatiques (ou malades qui l'étaient sans l'être) se devaient d'être au garde à vous devant des directives infantilisantes. C'était du Orwell dans le texte. On nageait en pleine Absurdie et la probable implication d'aérosols défectueux suscitait une escalade de réactions irréfléchies. Les premières longueurs déconfinées s'accompliraient au prix de quelques efforts. Les baigneurs en seraient dûment informés et le petit personnel chargé de les accueillir ne franchirait les parties communes qu'équipé de blouses, de visières de protection et de surchaussures. Qu'à cela ne tienne... Notre nageur était tout heureux de sa liberté retrouvée. Il savourait sa victoire en maillot de plaisancier et versa même des larmes de joie à la vue de quelques silhouettes familières. La première d'entre elles n'était autre que l'aquarâleur. Celui-ci avait une mine d'abribus et traînait ses guêtres sur des dalles transformées en revêtements de plage. Son nez en trois épisodes était à l'affût du détail qui cloche et ses manières d'homme des bois, toujours fidèles à elles-mêmes, le faisaient brandir à tout propos un index réprobateur. À ces faits d'armes, s'ajoutaient des tressautements de diable à ressort et un œil passablement énervé par cette formule de Jean Yanne – « *Ni dieu, ni maître, même nageur* » – qu'il ressassait sans cesse. Rien de nouveau sous ce ciel-là… Si ce n'est une ou deux sorties mémorables dénonçant l'exercice létal de la médecine et les discours cache-misère. Vivre sous une telle enseigne n'était pas sans risques et notre nageur à moitié déconfiné se sentit d'un coup un peu groggy. Fort heureusement, la vie reprenait ses droits et l'activité galopante de ces corps mitoyens lui redonnait espoir. Les chipotages médico-administratifs avaient fait leur temps. Il pouvait fureter sans vergogne dans cette nouvelle aire de jeu et dénicher dans l'entrelacs de l'eau des rudiments de réconfort. À peine avait-il traversé une première zone de baignade qu'on le vit revenir sur ses pas et chercher de nouveaux cas d'espèce. Il crut avoir assouvi sa curiosité avec un essoufflé respirant à pleins naseaux, un empâté à la joue molle et une nunuche ne sachant que faire de son kit mains libres. Les piscineurs du monde d'après ressembleraient-ils à ceux d'avant ? Il n'en fut pas certain. Quelque chose avait changé. Un coup d'œil à l'horloge lui indiqua un léger décalage horaire. Il s'en étonna à peine et se dit que toute baignade avait des côtés romanesques. La couleur de l'eau accusait un léger coup de blues et un liseré d'ombre redessinait les contours du bassin de manière troublante. La configuration des lieux le maintenait à distance de lui-même. Il se sentit libéré d'un poids. Comme dans un rêve éveillé, il esquissa un semblant de détour et entrevit la nappe de buée qui se dégageait du sol. Une lumière frontale lui brouilla la vue et les verrières lui parurent couvertes de jaune Stabilo. Il faisait soleil, mais ce n'était pas l'éblouissement des grands jours. On eut dit un lendemain de pluie. Son regard se porta alors sur un morceau de ciel vide. Il fut assailli par des fragments d'images, des sensations diffuses qui le sortaient de sa torpeur et l'incitaient à se méfier de lui-même. Il se pinça le bras gauche, le bras droit et tout ce qui s'ensuit... Non, il ne rêvait pas. Il était toujours là. Mais il ne savait plus où...

À cette heure, le bleu de l'eau s'étalait sans bruit parmi les couloirs de nage. La réverbération battait son plein et la profondeur de champ n'en était que plus incertaine. Il en eut le tournis. Il tarda un peu à reprendre ses esprits et éprouva un vague réconfort à se savoir moins seul. À ce moment même, il croisa une inconnue qui avait le regard de Michèle Morgan, la poitrine de Sophia Loren et les jambes de Marlène Dietrich. Devant de tels atouts, il pensa avoir décroché le gros lot des identités remarquables. Il n'en était rien. Il crut alors reconnaître la madone du jacuzzi et lui lança quelques appels de phare. En vain. L'emphase gestuelle n'opérait plus et la très légère catalepsie de ses paupières trahissait un état d'hypnose assez avancé. La belle était bien aux bois dormants et le maître-nageur au grand cœur était peut-être à l'origine de cette somnolence inexpliquée. À moins que l'hédoniste flottant ne l'ait détournée du droit chemin... Sa désinvolture gagnait à être connue et son je-m'en-foutisme légendaire avait fait des ravages parmi la gent aquatique. Il y avait en effet fort à parier que ce bon vivant ait décidé de sévir à plus vaste échelle. Ou que l'odeur d'huile solaire l'ait conduit à rattraper le temps perdu... En attendant, il faisait une chaleur du diable et notre déconfiné regardait autour de lui sans trop comprendre ce qui lui arrivait. Il ne vit pas à terre les reliques habituelles du grand et du petit bain (où fleurissaient bon nombre de tongs et de serviettes défraîchies). Il ne vit pas non plus l'énergumène palmé, ni le plongeur volant multirécidiviste ni même la tornade du vestiaire qui lui avait avoué sans détour sa propension à la cleptomanie. Il ne croisa pas l'homme de cabine porté disparu depuis son séjour dans un cagibi à balais et constata à regret qu'il ne restait de dame grenouille que deux ou trois ricochets écumants d'amertume. Toute ressemblance avec les événements passés n'étant que pure illusion de sa part, il poursuivit son chemin et se mit à faire les cent pas entre les douches et les quelques mètres carrés menant au petit bain. Le sort en était jeté. Il fallait qu'il se jette à l'eau, qu'il se mouille un peu et fasse enfin le deuil de sa nature froussarde.

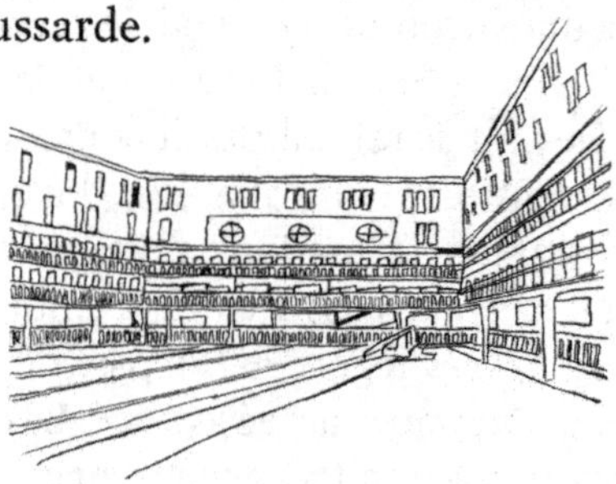

Une demi-heure plus tard, il émergea de ses premières longueurs et entrevit des baigneurs qu'il ne connaissait pas. La Covid avait en effet engendré une recrudescence de comportement douteux que les psys classeraient bientôt selon des données approximatives. Il n'avait donc pas perdu au change et pouvait se réjouir de ces nouveaux arrivages. Parmi eux, figuraient une reine de la lingette (en autonettoyage permanent), un constamment démasqué (et peu soucieux de l'être), un cas contact hebdomadaire (abonné à l'écouvillon renifleur), un déconnecté volontaire ennemi juré de la 5G, un postillonneur nostalgique des agapes en communauté, une machine de guerre distribuant des cartons rouges à toute crinière indocile, un échassier souffrant d'hyperthermie, un allergique à la conjugalité en plein naufrage donjuanesque, une fan du brushing rétroactif, un écervelé à l'esprit d'escalier et un repoussoir à baigneurs snobant un présumé complotiste. En réalité celui-ci cachait aux tréfonds de lui-même des relents sado-masos. Sous bien des égards, on aurait pu le prendre pour un doublon (en moins abouti) de l'aquarâleur. On l'entendait prospecter sous les douches et l'on pressentait à son air chiffonné qu'il se préparait à de probables empoignades. Le mauvais sort s'acharnait-il sur lui ? Seules quelques ecchymoses cicatrisées à temps auraient pu en témoigner. *A fortiori*, la situation menaçait d'être explosive et l'on n'excluait pas d'en venir aux mains. Cela nécessitait un entracte ou un intermède survenu à point. Un bon mot suffirait à faire diversion. « *Vous reprendrez bien un peu d'aquarêverie ?* » lui dit en souriant notre nageur déconfiné. Sur le moment, l'homme faillit lui renvoyer un « *Bas les pattes !* » du plus mauvais goût. Mais il se ravisa et le dévisagea d'un air perplexe. On ne lui avait pas parlé ainsi depuis des mois. Son maillot bleu pastel en était tout attendri et sa monomanie se tassa d'elle-même. « *Bienvenue au club !* » entendit-il encore derrière un masque resplendissant de bonheur. Puis il vit son interlocuteur se réfugier dans une sortie-de-bain jaune poussin avant de lui citer de mémoire les quatre vertus cardinales de cette nouvelle confrérie : vagabondage, curiosité, insouciance et fantaisie. Si d'aventure, ces joyeusetés le tentaient, il serait des leurs... Dit comme ça, le verbe « nager » lui parut plus grand que les petites tracasseries du jour et tout contrarié (et contrariant) qu'il était, il se promit de faire honneur à cet adoubement imprévu.

À l'orée de la nuit, la piscine se teinta de couleurs plus tendres. Une nuée vaporeuse flottait à dix centimètres environ de la surface de l'eau. De part et d'autre du bassin, on y voyait plus clair, les rangs étaient plus clairsemés et sur le côté gauche des gradins, le maître nageur était toujours à moitié endormi. Il y eut comme une ligne de partage entre les baigneurs de l'heure d'avant et ceux de l'heure d'après. Les uns regardaient les autres aller et venir selon un rituel immuable qui les menait de l'allée centrale à la douche puis du pédiluve à l'échelle en acier chromé. D'après l'horloge murale, la séance touchait à sa fin. D'ici quelques minutes, un indicatif vocal signalerait l'évacuation des lieux et les vestiaires se désempliraient peu à peu. Notre nageur déconfiné s'y préparait à son rythme. Sans trop se presser, il longea les baies vitrées encadrées de ficus en plastique, suivit une flèche puis une autre puis encore une autre jusqu'à la pile de vêtements qui sommeillaient en cabine et gagna sous des néons assermentés le portillon lecteur de code-barres. Le quadra qui le devançait avait un peu de mal à tenir sur ses jambes et vacillait à la manière d'un bois flotté. Son sac de sport dégageait une forte odeur de lavande. Une chaleur inhabituelle surgit du hall d'entrée. Dehors, il pleuvait. Cette pluie maussade ne parvenait pas à effacer les bons moments qu'il venait de vivre. Vue de l'extérieur, l'eau du bassin était d'un calme olympien et sa limpidité cristalline brillait beaucoup plus qu'en plein jour. Le nageur déconfiné en fut ému. Son reflet entrevu au détour d'une vitre lui renvoya l'image d'un homme avançant au mépris de tout danger. Il en fut rassuré. D'ici quelques semaines, les gestes barrières ne seraient plus qu'un mauvais souvenir. La nuit lui parut incroyablement claire. Il marcha, respira à pleins poumons et vit dans un éclat de lune le masque qui venait de tomber de sa poche.

Ultima verba
Ode aux « faiseurs de vagues »

Ce voyage en Aquarêverie se termine. Après quelques clins d'œil au masculin ou au féminin pluriel, il est temps de revenir à la première personne du singulier et de remercier dans ce bref épilogue les piscines qui ont bien voulu me préserver de la sinistrose annoncée. Piscines couvertes ou à ciel ouvert, vivant de l'air du temps, flottant au gré de nos flâneries respectives. Piscines sans arrière-pensées mais avec quelques arrière-pays qui valent le détour. Piscines pas peu fières de leur petit air propret, un rien rétro ou dans le pur style années trente. Piscines pas toujours très sélectes, très en deçà des clubs privés du Centre-Ouest parisien, imparfaitement conçues, mosaïquées à la va-vite, fissurées par endroits et un peu fêlées sur les bords. Piscines à l'hygiène approximative, ne sentant ni la rose ni le lilas, embaumant un peu trop le chlore, mais où il fait bon causer et nager. Piscines urbaines, s'il en fut, résistant à la grisaille citadine, accessoirement reconverties en bains à bulles, en jacuzzis interactifs, en espaces de détente ou en pataugeoire en version *high tech*. Piscines recroquevillées sur elles-mêmes, un brin sur la défensive, en marge des idées toutes faites, à cent lieues du légitimement admis. Piscines d'inspiration zen, en mode feng shui, en quête de sérénité et discrètement haut de gamme que je ne connais pas encore, faute de temps ou de moyens pour y accéder.

Au premier rang d'entre elles, figure la regrettée piscine Deligny avec ses cabines numérotées, son eau non filtrée, résolument froide, son solarium, ses tables de ping-pong, ses cours de ski nautique, ses frasques aquatiques et ce charme indéfinissable qui fit le succès des « premiers bains de Paris sur Seine ». Plus tard, au cœur du Quartier latin, je fus une habituée de la piscine de la rue de Pontoise, reconnaissable à ses équipements obsolètes et à ses portes bicolores. Avec sa façade en brique rouge, son intérieur Art déco et ses coursives 100% rétro, la piscine Pontoise fut le fief des Années folles. Elle fut en outre le témoin « numéro un » de nocturnes mémorables et de bains de minuit orchestrés dans une semi-obscurité des plus inspirées... Elle fut aussi un lieu de tournage atypique. Johnny Weissmuller y poussa son fameux cri tarzanesque et, après le départ précipité de son nain de jardin, le père d'Amélie Poulain y noya des signes évidents de neurasthénie. Le bassin y était plus petit, les douches moins attractives, mais il y avait encore cet espace préservé : la cabine privative avec vue sur des flots sages comme une image. Après, bien après, j'expérimentais à regret les piscines d'un seul tenant, celle par exemple de la porte des Lilas ou de la rue Blomet, des bassins olympiques où grands et petits bains se confondaient sous une verrière qui n'était plus de première jeunesse. Enfin, vint le temps des piscines nouvelle génération en acier chromé, désinfectées à l'ozone et devenant, jour après jour, ce qu'on voulait bien qu'elles soient : lieux de détente, spas, espaces de méditation ou centres de remises en forme avec, une fois n'est pas coutume, de purs moments de rock'n'roll.

Mais si sympathiques soient-elles, ces piscines ne seraient pas ce qu'elles sont sans cet *outsider* : le « faiseur de vagues ». Ce dernier m'a souvent bousculée et interpellée. Il a constitué une gêne certaine et m'a obligée à voir l'exercice aquatique d'un autre œil, à sortir du calme plat de sempiternelles longueurs, en un mot, il a été un déclencheur de rencontres et a été à l'origine de ces portraits ou croquis sur le motif. Grâces lui soient rendues. Ce n'est pas si fréquent qu'un tel ovni se présente à nous. Avec lui, la natation ne se résume pas au seul bonheur de nager. En bon activiste de la baignade, cet agitateur fait toujours désordre. C'est un empêcheur de tourner en rond, un hyper actif immuno-boosté, un joyeux drille qui jette son dévolu sur nos dérives contemporaines, un marqueur linguistique à forte tonicité verbale, un mutant à cellules réversibles, un interventionniste joyeusement primesautier qui pousse assez loin le curseur du socialement admis et qui rappelle à tout nageur sans peur et sans reproche que l'eau est huit cent fois plus dense que l'air. En attendant, ce forcené se démène comme il peut au beau milieu des flots aseptisés et déboule dans nos aquariums respectifs tel un chien dans un jeu de quilles. À son contact, nos appréhensions s'évaporent d'un coup et notre imaginaire atteint des niveaux de fantaisie inconnus jusqu'alors... En ces temps de bien-pensance obligatoire, laissons-lui carte blanche et invitons ce créateur d'événements à plonger de ce pas dans notre bain quotidien. Dans un élan irrépressible, il est possible qu'il fasse siennes nos émanations chlorées et compense le léger coup de blues de nos établissements de bain par un aller simple vers l'infini de l'azur...

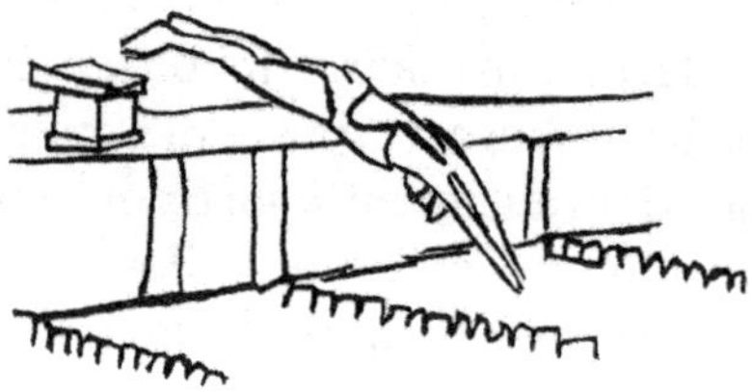

TABLE DES MATIÈRES

DU MÊME AUTEUR

Les Monts Dore, Alan Sutton, 2000.

•

Le Jardin des mots, calligraphie en création contemporaine, Alternatives, 2000.

•

L'Invisible des pierres, Éditions Le Pli, 2001.

•

Les Ouvriers du signe, calligraphie en culture musulmane, ACR Édition, 2002.

•

Les Alphabets de l'oubli, signes et savoirs perdus, Alternatives, 2002.

•

Le Verbe géomètre, numérographies et écritures mathématiques, Alternatives, 2004.

•

Le Sable des chemins, Sur les pas du Facteur Cheval, Éditions du Sextant, 2008.

•

Les Rivières du ciel, poèmes illustrés d'aquatintes de Christiane Vielle, Al Manar, 2009.

•

Boris Vian, Le Sourire créateur, Écriture, 2009, réédition en 2019.

•

Rousseau, Les 7 vies d'un visionnaire, Écriture, 2012.

•

La Clef des rives, mythologies au fil de l'eau, La Part Commune, 2014.

•

Le Premier Arbre et autres récits qui cachent la forêt, Éditions du Cerf, 2018.

•

Géraldine Gonzalez, L'Orfèvre de la lumière, Les Éditions Ateliers d'Art de France, 2019.

Dessins © Valère-Marie Marchand
Dessin de couverture © Ewa Roux-Biejat
Direction artistique : Ewa Roux-Biejat

Héliopoles
22, rue des Taillandiers 75011 Paris
www.heliopoles.fr

Imprimé en France en mars 2021 par Laballery à Clamecy (58)
Dépôt légal : mai 2021 - N° impression : 102219